D1434638

CHWARAE'N TROI'N CHWERW

Nofel Dditectif

GERAINT W. PARRY

GOMER

Argraffiad Cyntaf—1988

ISBN 0 86383 497 3

Ⓗ Geraint W. Parry, 1988

Dymuna'r cyhoeddwyr gydnabod cymorth a chyfarwyddyd Adrannau'r Cyngor Llyfrau Cymraeg a nodir gan Gyngor Celfyddydau Cymru.

Dymunaf gydnabod yn ddiolchgar gefnogaeth a chymorth y Cyngor Llyfrau Cymraeg i sicrhau cyhoeddi'r nofel hon, a pharodrwydd Gwasg Gomer i ymgymryd a'i chyhoeddi.

Argraffwyd gan
J. D. Lewis a'i Feibion Cyf., Gwasg Gomer, Llandysul

1

Safai'r bugail gerllaw'r glwyd yn gwylio'r defaid yn llifo allan o'r cae, gan lenwi'r ffordd gul, droellog. Gwaeddodd orchymyn i'r ddau gi oedd yn eu gyrru, caeodd y glwyd a'u dilyn. Arafodd y defaid gan aros a dechrau pori hwnt ac yma hyd ymyl y ffordd. Troellai'r cŵn yn fusneslyd y tu ôl iddynt a dilynai'r bugail yn hamddenol, ei getyn yng nghornel ei geg, gan chwifio'i ffon.

Yn sydyn, clywodd sŵn canu corn gwyllt a theiars cerbyd yn sgrialu ar hyd y ffordd o'i ôl. Arhosodd Land Rover o fewn dwylath i'w sodlau.

'Symud y blydi defaid 'na o'r ffordd!' gwaeddodd y gyrrwr a'i ben allan o'r cerbyd.

Cydiodd y bugail yn ei getyn a'i dynnu o'i geg. Carthodd ei wddw a phoerodd i fôn y gwrych cyn troi i ateb y gorchymyn sarrug: 'Pwyll,' meddai'n dawel. 'Mae 'na amser i bopeth.'

'Pwyll o ddiawl!' rhuodd y gyrrwr. 'Mae'n amser i'n brin gythreulig. Symud, neu mi gei drwyn y Land Rofar 'ma o dan dy ben-ôl . . .'

Roedd y gŵr a eisteddai wrth ei ochr yn chwifio'i ddyrnau'n fygythiol, i ategu'r geiriau.

Anwybyddodd y bugail hwy. Rhoddodd orchymyn i'w gŵn a chyda'u cymorth llwyddodd i agor llwybr i'r Land Rover. Cododd ei ffon gan roi arwydd i'r gyrrwr symud ymlaen yn bwyllog ond roedd amynedd hwnnw mor brin â'i amser. Crensiodd y cerbyd i'w gêr a symudodd ymlaen yn gyflym gan beri i rai o'r defaid neidio am eu heinioes. Crafodd grwper un neu ddwy wrth wibio heibio.

'Ara deg, y diawled dwl!' gwaeddodd y bugail, ei amynedd yntau'n pallu o weld fod ei braidd mewn perygl. 'Mi ro i'r gyfraith arnoch chi!'

Fel y ciliai'r Land Rover gwelodd rywbeth gwyn yn cael ei daflu drwy'r ffenest gefn i'r ffordd. 'Ewch â'ch llanast hefo chi i gythral!' bloeddiodd ar eu holau.

Wedi sicrhau nad oedd y defaid wedi'u hanafu, gyrrodd ei braidd ymlaen ar eu taith. Cyrhaedodd y fan lle taflwyd y blwch sigarennau, fel y tybiai ef, a chanfod nad dyna ydoedd mewn gwirionedd ond amlen wen. Sarnwyd cryn dipyn arni gan ôl traed y defaid a heb ei sbectol ni fedrai yn ei fyw ddarllen yr enw a'r cyfeiriad oedd arni, heblaw am Abermorlais—roedd hwnnw wedi'i ysgrifennu mewn llythrennau breision. Sylwodd hefyd nad oedd stamp ar yr amlen.

'Hy!' ebychodd. 'Petawn i'n talu'r pwyth yn ôl iddyn nhw, chyrhaeddai hon byth ben ei thaith.'

Ond fe'i gwthiodd i ddyfnder poced ei gôt uchaf ac anghofio amdani nes cyrraedd y bocs post a hongiai ar bostyn solet ym môn y clawdd ryw hanner milltir i ffwrdd.

'Pob lwc!' ebychodd o dan ei wynt, gan ollwng y llythyr i mewn i geg lydan y bocs.

Roedd Lisa wedi cysgu'n hwyr. Rhuthrodd o'i hystafell wely, gan daflu cipolwg brysiog i mewn i lofft ei mam wrth fynd heibio. Pan welodd ei bod hi'n dal i gysgu, prysurodd i lawr y grisiau ac, fel y cyrhaeddai'r ris olaf, canodd cloch y drws. 'Mi ateba i o, Ella,' galwodd ar y forwyn oedd wrthi'n paratoi brecwast yn y gegin.

Y postman oedd yno gyda phecyn o lythyrau. 'Rwy'n ofni y bydd yn rhaid ichi dalu am hwn,' meddai, gan ddal un yn ôl. 'Mae rhywun wedi anghofio rhoi stamp arno. A dweud y gwir, dwn i ddim sut ar y ddaear y cyrhaeddodd o yma o gwbl, o ystyried yr olwg sy ar yr amlen.'

Roedd y llythyrau i gyd—ac eithrio un iddi hi oddi wrth gwmni trefnu gwyliau—wedi'u cyfeirio at ei thad. Fe'u rhoddodd ar fwrdd bychan yng nghornel y cyntedd cyn edrych yn fanylach ar y llythyr y bu'n rhaid iddi dalu amdano. Ei henw hi oedd ar yr amlen ac, er gwaetha'r baw, fe adnabu'r llawysgrifen. 'O diar!' sibrydodd, 'Meriel.'

Gwthiodd y llythyr i boced ei siaced wlân a throi am y gegin.

'Dyma chi o'r diwedd,' meddai'r forwyn. 'Ydi'ch mam yn effro?'

'Doedd hi ddim gynnau,' atebodd Lisa.

'Does dim rhyfedd. Mi fu ar ei thraed tan berfeddion yn disgwyl i'ch tad ddod adre, neu ffonio.'

'A wnaeth o ddim, debyg?'

'Naddo,' meddai Ella, a thinc condemniol yn ei llais; roedd wedi bod yn forwyn i'r teulu'n ddigon hir i roi barn eglur ar faterion teuluol. Tywalltodd ddŵr berwedig i debot clai hen-ffasiwn. 'Ewch chi â'r baned 'ma i'ch mam?'

'O'r gorau,' cytunodd Lisa. Thalai hi ddim i anghytuno ag Ella dan yr amgylchiadau. 'Dim ond darn o dôst a chwpaned o goffi i mi, Ella,' ychwanegodd dros ei hysgwydd. 'Does gen i ddim amser i eistedd.'

'Coffi a thôst!' galwodd y forwyn ar ei hôl. 'Tase pawb yn y tŷ 'ma'n cymryd amser i fwyta'n iawn mi fydde 'na fwy o drefn ar bethau.' Clywodd Lisa'n chwerthin ac ych-wanegodd yn dawel, 'A thase 'na fwy o rai tebyg iddi hi o gwmpas, mi fydde'r hen fyd 'ma'n haws byw ynddo fo.'

'Wel, Mam,' meddai Lisa, pan welodd ei bod yn effro, 'a sut hwyl sy 'na bore 'ma?'

'Fawr iawn, Lisa, a dweud y gwir,' atebodd ei mam. 'Fedrwn i yn fy myw roi fy hun i lawr i gysgu neithiwr, rywfodd.'

'Disgwyl am Dad, debyg,' ebe Lisa.

'Tase fo ond wedi ffonio i ddweud nad oedd o'n dŵad adre,' meddai'i mam. 'Ond dyna fo, mae'n ormod i'w ddisgwyl bellach, debyg,' ychwanegodd yn ddigalon.

'Na hidiwch, Mam, mae o'n dŵad adre o bobman yn y diwedd. Yfwch y te 'ma rŵan a chysgwch am sbel, neu mi fydd Ella'n dweud y drefn eto.'

'Glywais i sŵn y postman?'

'Do: pentwr o lythyrau i Dad fel arfer, ac un bach i mi oddi wrth y cwmni gwyliau i gadarnhau'r trefniadau ar gyfer hanner tymor, debyg.' (Am ryw reswm, ni soniodd wrth ei mam am y llythyr oddi wrth Meriel.)

'Ac rwyt ti wedi penderfynu mynd i ffwrdd felly?'

'Do wir, Mam. Mi fydd tawelwch mynyddoedd y Swistir yn fêl ar ôl sŵn parhaus y plant.'

'Biti na fydde Meriel yma i fynd hefo ti,' meddai'i mam yn dawel.

'Dawn i ddim ar ôl hynna rŵan, Mam. Peidiwch â dechrau hel meddyliau.' Rhoddodd gusan ar ei thalcen. 'Dyna chi,' meddai, 'cysgwch am dipyn rŵan. Rhaid i mi fynd. Rydw i'n hwyr goblyn bore 'ma, ac os na yfa i gwpaned o goffi a llyncu tamed o dôst mi fydd Ella'n fy mygwth i â phob math o afiechydon.'

Edrychodd Lisa ar ei wats wedi iddi gyrraedd maes parcio Ysgol Uwchradd Abermorlais; roedd ganddi bum munud wrth gefn wedi'r cyfan. 'Hm,' meddai wrthi'i hun, 'cystal imi gael cip ar y llythyr 'ma . . . Nefoedd, Meriel fach! Mae dy lawysgrifen di wedi dirywio'n ddychrynllyd,' meddai'n uchel, gan syllu ar y llythyr blêr. Doedd dim cyfeiriad arno, dim ond cyfarchiad moel:

Lisa, Fedra i ddim deud wrthyt ble'r ydw i. Dydw i ddim yn siŵr iawn ac maen nhw'n sôn am symud odd'ma p'run bynnag. Lisa, mae Dad mewn rhyw beryg ac maen nhw'n fy nefnyddio i rywfodd i'w orfodi i wneud rhywbeth sy'n torri'r gyfraith. Mi wn fod a wnelo'r peth â chyffuriau, ond dwn i ddim yn iawn sut na be'n hollol maen nhw'n ceisio perswadio Dad i'w wneud. Hola Peter yn yr ysgol; mae o â'i fys yn y busnes yn rhywle—ond gwylia fo â'i wên deg, mae 'na hen gythrel yn llechu tu ôl iddi. Os bydd o'n gwrthod dy helpu, dwêd wrtho fod 'na luniau ar gael fydde o ddiddordeb mawr i'r prifathro. Lisa, cymer ofal, mae'r criw 'ma'n rhai creulon a pheryglus. Does gen i ddim stamp a dwn i ddim yn iawn os ca i gyfle i bostio hwn. Mi wnaf fy ngora . . .

Rhedai geiriau olaf y llythyr i'w gilydd yn ddireswm, a'r unig air y gallai Lisa'i ddehongli oedd 'cyffur'. Roedd enw Meriel ar waelod y tudalen.

Syllodd Lisa arno'n syfrdan. 'O Meriel, Meriel!' sibrydodd. 'Sut ar y ddaear yr est ti i grafangau'r cythreuliaid 'ma, pwy bynnag ydyn nhw?' Edrychodd ar ei wats unwaith eto; roedd yn bryd iddi symud neu byddai wedi colli gwasanaeth y bore. Estynnodd ei bag-llaw gyda'r bwriad o gadw'r llythyr ynddo, ond newidiodd ei meddwl a'i roi yng ngwaelod ei bag ymarfer corff a mynd ag ef i mewn i'r ysgol gyda hi.

Roedd hi'n ddiwedd y dydd cyn iddi lwyddo i gael gair â Peter Darlington, athro celf a chrefft yr ysgol. Fe'i gwelodd yn brasgamu i gyfeiriad ei gar a galwodd arno i aros amdani. 'Ydi o'n bwysig iawn, Lisa?' holodd yn ddiamynedd. 'Rydw i ar dipyn o frys.'

'Dwi am i ti ateb un neu ddau o gwestiynau, dyna i gyd.'

'Rydw i wedi ateb digon o gwestiynau am un diwrnod,' meddai, gan wenu arni. 'Mi gei di aros tan fory.'

Trodd ar ei sawdl ond cydiodd Lisa yn ei fraich.

'Aros,' meddai'n bendant. 'Wnaiff fory mo'r tro. . . Ges i lythyr gan Meriel bore 'ma,' ychwanegodd, gan ei wylio'n ofalus.

Edrychodd yntau arni am ennyd cyn ateb. 'Meriel, dy chwaer?' holodd.

'Ia, wrth gwrs. Fyddi di ddim yn gohebu â hi weithiau?'

'Y fi'n gohebu â hi? I be wnawn i hynny? Dydw i ddim wedi'i gweld ers dwn i ddim pryd.'

'Mi roeddech chi'n ffrindiau mawr ar un cyfnod.'

'Lisa annwyl,' meddai yntau, 'mi ddylet wybod cystal â minnau fod genethod y chweched yn hanner addoli'u hathro celf. Sgwn i faint o'r bechgyn sy mewn cariad â chdi?' gofynnodd yn ysgafn.

'Sdim ots am hynny rŵan,' atebodd Lisa'n sych. 'Be fu cydrhwng Meriel a chdithau sy'n bwysig. Mi fuest ti'n cyboli efo hi ar ôl iddi adael yr ysgol, yn do?'

10

Ciliodd gwên Peter a chaledodd ei lais a'i ymddygiad. 'Gwranda, Lisa,' meddai, 'mae unrhyw berthynas fu rhwng dy chwaer a minnau wedi hen orffen.'

'Nid yn ôl y llythyr 'ma ges i heddiw,' meddai Lisa'n gynnil. 'Be sy a wnelo ti â rhyw beryg sy'n bygwth Dad?'

'Am be ar y ddaear rwyt ti'n brygowthan?' gofynnodd yntau'n flin. 'Does a wnelo fi ddim â dy chwaer, llai fyth â dy dad . . . Dwi'n mynd.'

'Chei di ddim mynd nes i mi gael gwybod rhywbeth ynglŷn â'r cyffuriau 'ma,' meddai Lisa'n bendant, gan gydio'n dynn yn ei fraich.

Gwelwodd Peter ac ni swniai'n llawn mor hyderus pan atebodd: 'Paid â siarad mor ddwl, Lisa. Cymer gyngor gen i—anghofia iti dderbyn llythyr gan dy chwaer. Mae hi'n drysu. Gad lonydd iddi. Mae hi wedi gwneud 'i gwely bellach. Ond os wyt ti eisio gwybod rhywbeth ynglŷn â chyffuriau gofyn iddi hi . . .'

'Chei di mo 'ngwared i mor rhwydd â hynna, Peter. Mi fynna i ddod i wraidd yr helynt 'ma a chael Meriel yn ôl gartre . . . A gyda llaw, dwi'n siŵr y bydde gan y prifathro ddiddordeb mawr mewn rhyw luniau sy gen i yn 'y meddiant . . .'

'Am be ddiawl rwyt ti'n sôn?' gofynnodd Peter yn sarrug, gan edrych arni'n filain. 'Rwy'n dy rybuddio di. Os gwyddost ti be sy'n dda er dy les di, anghofia'r cyfan am hyn a phaid â 'mygwth i . . .' Cydiodd yn ei garddwrn yn greulon ac ychwanegu: 'Cer adre tra gelli di.'

'Paid â meddwl y medri di 'nychryn i,' meddai Lisa. 'Nid Meriel ydw i, cofia. Mi fynna i eglurhad neu mi fydd y lluniau 'na ar ddesg y prifathro ben bore fory.'

Oedodd Peter cyn ateb. Roedd yn amlwg fod y bygythiad wedi'i anesmwytho'n arw. 'O'r gorau, Lisa,' meddai

11

o'r diwedd, yn fwy llariaidd y tro hwn. 'Waeth inni heb na sefyll fan hyn yn bygwth ein gilydd. Fe wna i 'ngorau i'th helpu di, er mwyn Meriel, ond rwy'n dy rybuddio di eto dy fod ti'n mynd i ddyfroedd dyfnion iawn. Mi ga i air â rhywun ar ôl mynd adre ac yna fe gysyllta i â chdi. Paid â sôn 'run gair wrth neb, ar boen dy fywyd. Aros nes ffonia i.' Trodd ar ei sawdl a gadael.

Roedd Lisa'n crynu drosti. 'Roeddet ti'n iawn, Meriel,' meddai wrthi'i hun. 'Mae 'na gythral y tu ôl i'r wên deg 'na. Duw a ŵyr be fyddwn i wedi'i wneud pe bai o wedi mynnu gweld y lluniau!'

Cyn gynted ag y cyrhaeddodd Peter adre, aeth ar ei union at y ffôn a bu'n sgwrsio am amser. Wedi cryn anghytuno a dadlau, ildiodd yn y diwedd i orchymyn y sawl a siaradai ag ef, gan ychwanegu'n bendant, 'Mi wna i hynny ond dim gronyn mwy. Arhosa i ddim yn y garafán a fydda i ddim yn gyfrifol am be all ddigwydd.'

A rhoddodd y ffôn i lawr.

Bu'n pendroni'n hir cyn ailgodi'r derbynnydd.

'Lisa?' meddai. 'Peter. Oes rhywun yn debyg o glywed y sgwrs 'ma?'

'Nac oes,' atebodd Lisa. 'Be sy gen ti i'w ddweud?'

'Os wyt ti am sicrhau diogelwch dy dad a Meriel dyma sy raid i ti'i wneud. Does gen ti ddim dewis . . . A gofala ar boen dy fywyd nad wyt ti'n dweud gair am hyn wrth neb. Cofia!' ychwanegodd, wedi iddo egluro'r cyfan wrthi.

'Ond sut mae disgwyl i mi gael fy rhyddhau o'r ysgol?' gofynnodd hithau.

'Dy broblem di 'di honno.'

'O'r gorau,' cytunodd Lisa. 'Mi fydda i yno' ond gofala di na fydd hi'n siwrne ofer, neu . . .'

'Bydd di yno,' atebodd Peter, 'ac mi gei di'r atebion rwyt ti'n mynnu'u cael.'

Oedodd Lisa uwchben y ffôn am sbel cyn codi'r derbynnydd drachefn a galw'r prifathro.

2

'A be'n hollol sy'n poeni Mr. Turner?' holodd W.P.C. Non Davies.

Roedd hi a Ditectif Sarjant Elwyn Price ar eu ffordd i bentref Glandŵr—ryw bedair milltir o'u pencadlys yn Abermorlais—yn dilyn galwad ffôn gan oruchwyliwr maes carafanau'r Hebog.

'Mae o'n amau fod rhywbeth o'i le yn un o'r carafanau.'

'Rhywun arall wedi marw'n annisgwyl, debyg,' meddai Non. 'Dydyn nhw'n dysgu dim. Syth o gadair esmwyth yng nghanolbarth Lloegr ar eu pennau i'r môr neu i ben mynydd, a disgwyl i'w calonnau ddal y straen.'

'Llygad y gwir, Doctor Davies,' meddai'r sarjant.

Gwridodd Non ac ymdawelu.

'Maen nhw'n creu digon o drafferth i ni, beth bynnag,' ychwanegodd Price, gan hanner ymddiheuro am ateb mor swta.

Fel y deuent at gyrion y pentref, gallent weld maes carafanau'r Hebog yn glir—rhesi o garafanau wedi'u gosod yn llinellau unionsyth ar hyd llethr uwchben y pentref. Disgleirient yn wyn yn haul gwan y bore hwn o hydref, gan edrych fel rhesi o gytiau ieir.

Arhosai Turner, goruchwyliwr y maes, amdanynt ger drws ei swyddfa. 'Diolch ichi am ddod mor brydlon, Sarjant Price,' meddai. 'Mae'n ddrwg gen i beri trafferth ichi, ond rhaid imi gyfadde 'mod i braidd yn anesmwyth . . .'

'Beth yn union sy'n eich poeni chi?' gofynnodd Price.

'A dweud y gwir, sarjant, dydw i ddim yn gwybod, a dyna'r drwg, falle. Dowch i mewn i'r swyddfa ac mi eglura i'r cefndir. Dydw i ddim eisio codi sgwarnog i ddim.'

Dilynodd y ddau ef i mewn i'r swyddfa ac estynnodd Turner y llyfr cofrestru ymwelwyr.

'Dyna chi,' meddai o'r diwedd, gan estyn y llyfr i'r sarjant wedi iddo ddod o hyd i'r dudalen briodol.

David Armstrong and friend, Whalley Range, Manchester, meddai Price, gan ddarllen yr enw y pwyntiai Turner ato. 'Dydi hynna'n dweud fawr wrthon ni. Oes gynnoch chi rhywbeth i'w ychwanegu?'

'Fawr iawn,' atebodd Turner. 'Galw ar sgawt wnaethon nhw i holi oedd gen i garafán i'w gosod am wythnos. Merch ifanc oedd y ''friend''.'

'Oedd 'na rywbeth arbennig yn eu cylch?'

'Na, dim felly,' atebodd Turner. 'Pâr eitha decha'r olwg. Gŵr ifanc reit dal, barf ddu a gwallt cyrliog, braidd yn dywyll 'i groen. Golau iawn oedd y ferch, gwallt melyn fel aur hyd at ei 'sgwyddau. Merch reit dlws . . . Y ddau wedi'u gwisgo fel mae'r rhai ifanc 'ma heddiw, jîns a siwmperi lliwgar a siacedi glaw ysgafn . . . fawr o baciau gan y naill na'r llall . . .'

'Pam dach chi'n amau fod rhywbeth o'i le 'te?'

'Un o'r glanhawyr ddwedodd nad oedd hi ddim wedi gweld unrhyw arwydd o fywyd yno ers deuddydd. Dim

14

sbwriel na photeli llaeth, a'r llenni wedi'u tynnu'n dynn.'

'Falle'u bod nhw ar eu mis mêl,' meddai Non, 'ac eisio llonydd.'

'Digon posib . . .' meddai Turner. 'Ond mae'n rhaid bwyta, hyd yn oed ar eich mis mêl, a ddaethon nhw â fawr o fwyd hefo nhw.'

'Oes ganddyn nhw gar?'

'Nac oes, mi ddaethon yma mewn tacsi o'r dre, dwi'n meddwl, er na welais i mo'r tacsi 'chwaith.'

'Wel,' meddai Sarjant Price, 'well inni fynd draw i gael golwg ar y garafán 'ma.'

'Rwy'n ddiolchgar iawn, sarjant,' meddai Turner. 'Fe a' i â chi i fyny 'na rŵan.'

'Dyma hi,' meddai Turner gan bwyntio at garafán fechan oedd wedi'i gosod ger coeden ar bwys clawdd cerrig yn y rhes uchaf o garafanau. 'Mi fyddwn yn cadw ambell un fel hon ar gyfer ymwelwyr annisgwyl.'

Disgynnodd y tri o'r car a cherdded at y garafán.

'Wel, mae'n rhaid cytuno â chi, Mr. Turner,' meddai'r sarjant. 'Does 'na fawr o arwydd bywyd yma. Non, ewch chi i weld a ydi llenni'r ffenestri cefn wedi'u tynnu hefyd.'

Curodd yntau ar ddrws y garafán ond ni chafodd ateb. Curodd yn drymach, ond i ddim pwrpas. Trodd at Turner. 'Mae'n edrych yn debyg nad oes neb i mewn,' meddai.

'Does dim posib gweld dim heibio'r llenni 'na,' meddai Non, yn cerdded tuag atynt.

'Be dach chi am inni 'i wneud, Mr. Turner?' gofynnodd y sarjant. 'Torri i mewn?'

'Does dim rhaid gwneud hynny. Mae gen i allwedd i bob carafán ar y maes.' Estynnodd fwndel o allweddi, a

15

dal un ohonynt rhwng ei fys a'i fawd . 'Triwch honna,' meddai wrth Price.

Agorodd y sarjant y drws yn ddidrafferth a chamu i mewn. 'Oes 'na rywun yma?' galwodd. 'Oes 'na rywun i mewn?' galwodd eilwaith, pan na chafodd ateb.

Ymbalfalodd yn bwyllog nes cyrraedd erchwyn y gwely ac yn y golau gwan a lewyrchai drwy'r llenni gwelai fod rhywun yn gorwedd arno a'r dillad wedi'u taenu dros ei ben.

'Non, dowch yma,' galwodd. 'Arhoswch chi tu allan am funud, Mr. Turner,' ychwanegodd.

Deallodd Non ar unwaith, oddi wrth dôn ei lais, fod rhywbeth o'i le a phrysurodd i ymuno ag ef. 'Be sy'n bod, sarjant?' holodd.

'Mae 'na rywun yn y gwely 'ma,' atebodd, 'ond mae'n gythgam o anodd gweld dim byd. Agorwch y llenni 'na.'

Gwelent yn glir wedyn fod rhywun yn gorwedd ar y gwely a chwrlid wedi'i daenu dros ei ben. Cydiodd Price yn ei ymyl a'i dynnu i lawr yn araf gan ddadorchuddio pen merch mewn cwdyn plastig a chudynnau o wallt melyn, euraid yn hongian allan ohono.

'Mae hi fel talp o rew,' meddai'r sarjant, gan deimlo'i gwddf. 'Wedi marw ers deuddydd, beth bynnag, ddwedwn i.'

'Pam ddaeth hi'r holl ffordd o Fanceinion i wneud hyn, tybed?' gofynnodd Non.

'Pwy a ŵyr?' ebe Price. 'A be ddigwyddodd i'r boi oedd hefo hi, sgwn i?. . . Cystal i ni alw Turner i mewn, dwi'n meddwl. Fe all o gadarnhau mai dyma'r ferch a ddaeth yma i aros. Rhybuddiwch o be i'w ddisgwyl.'

Tra oedd Non yn galw ar Turner, tynnodd y sarjant y cwdyn plastig oddi am ben y ferch a thacluso peth ar ei gwallt. Gwelodd ei bod yn ferch ifanc dlws ryfeddol. 'Druan fach,' meddai'n dawel, 'mae hi'n ferch i rywun yn rhywle. Pam dod i fan hyn i roi terfyn ar bethau, tybed?'

'Golygfa go drist, Mr. Turner,' meddai'r sarjant fel yr arweiniodd Non ef i mewn i'r garafán ac at erchwyn y gwely. 'Ai hon ydi'r ferch ifanc welsoch chi y diwrnod o'r blaen?'

Tynnodd y sarjant y cwrlid roedd wedi'i daenu dros wyneb y ferch yn ôl ac edrychodd Turner ar yr wyneb gwelw. 'Ia . . . dyna hi,' meddai. Gwelwodd yn sydyn a brysio allan.

'Profiad digon annifyr iddo,' meddai Non. Syllodd hithau'n fanylach ar y corff cyn ychwanegu, 'Wyddoch chi be, Sarjant, mi faswn i'n taeru fod 'na rhywbeth yn gyfarwydd yn y ferch 'ma. Fel 'tawn i wedi'i gweld hi o'r blaen yn rhywle.'

'Go brin,' meddai yntau, 'a hithau'n dod o Fanceinion . . .'

'Ie, mae'n debyg mai chi sy'n iawn,' atebodd Non.

'Ewch i'r fan i gysylltu â H.Q.,' gorchmynnodd y sarjant, 'a gofynnwch iddyn nhw hysbysu Doctor Morgan, y patholegydd, ac anfon y criw arferol draw. Dywedwch wrth Turner y gall o fynd yn ôl i'w swyddfa, ond nad ydi o ddim i adael y maes.'

Dechreuodd y sarjant yntau chwilio'r garafán yn ofalus. Canfu hafersac fechan yn un o'r cypyrddau ond doedd fawr ddim ynddi ac eithrio bag 'molchi ac ychydig o ddillad isaf. Er iddo chwilio'n fanwl methodd yn lân â dod o hyd i fag-llaw y ferch yn unman, na dim i ddweud pwy oedd hi.

Aeth drwodd i'r gegin fechan a chanfod soser gyda nodwydd heipodermig wrth ei hochr wrth ymyl y sinc. Ar waelod y soser roedd rhyw sylwedd llwydwyn wedi cronni. Plygodd i'w arogli. 'Blydi cyffuriau felltith eto!' ebychodd.

Gŵr tawel, hamddenol oedd Sarjant Price—yn briod, a chanddo ddwy ferch yn eu harddegau. Wrth feddwl am y ferch a orweddai'n farw yn yr ystafell nesaf, ni allai yn ei fyw beidio â meddwl am ei ferched ei hun a'r perygl oedd yn eu hwynebu o ddechrau ymhél â chyffuriau. 'Damio'r dosbarthwyr felltith!' meddai. ''Tawn i'n cael fy ffordd, mi rown i bob un o'r cythreuliaid yn sownd am weddill eu hoes.'

Troes o'r gegin a dychwelyd at erchwyn y gwely. Edrychodd o'i gwmpas unwaith eto ac, yn sydyn, sylwodd ar amlen wen oedd fel petai wedi cael ei gosod i bwyso'n erbyn y cloc ar y silff fechan uwchben y gwely. Estynnodd amdani'n ofalus. Doedd hi ddim wedi'i selio a thynnodd y sarjant ddalen o bapur allan ohoni—gan wneud ei orau i adael cyn lleied o olion bysedd ag oedd modd. Roedd y llythyr wedi'i deipio, heb unrhyw gyfeiriad na dyddiad, dim ond cyfarchiad syml: 'Annwyl Mam a Dad, . . . Fedra i ddim dioddef dim mwy. Rhaid i mi gael cyffuriau a does gynno fi dim mwy o arian. Mae hyn yn ffordd gwell i pawb. Wnewch chi maddau i mi . . . eich merch, Lisa.'

'Wel, mae gynnon ni enw, o leia, o'r diwedd,' meddai Price wrtho'i hun. 'A llythyr Cymraeg hefyd—gan ferch o Fanceinion, os gwelwch yn dda.'

Rhoes y llythyr yn ôl yn yr amlen a'i gadw'n ofalus mewn cwdyn plastig bychan yn ei waled, a mynd allan i'r awyr iach.

'Sut mae Turner erbyn hyn?' gofynnodd i Non, pan gyrhaeddodd yn ei hôl.

'Digon sigledig,' atebodd hithau. 'Wedi'i gynhyrfu, medda fo. Mi gymerodd wydraid go dda o whisgi, ac roedd o'n teimlo'n well wedyn. Mi fydd Doctor Morgan a'r criw yma cyn bo hir . . . Gawsoch chi hyd i rywbeth arall?'

'Do—olion cyffuriau a llythyr yn cadarnhau mai gwneud amdani'i hun wnaeth hi.'

Dangosodd y llythyr i Non.

'Lisa,' meddai, wedi iddi'i ddarllen a'i roi'n ôl i Price. 'Mae'r enw fel petai'n canu cloch, rywfodd . . . Ga i olwg arall arni, sarjant?'

Dychwelodd y ddau i'r garafán ac at erchwyn y gwely a thynnodd y sarjant y cwrlid oddi ar y ferch unwaith yn rhagor. Syllodd Non yn hir ar yr wyneb gwelw. 'Lisa,' meddai'n dawel. 'Lisa Pughe, wrth gwrs,' meddai wedyn, ei llais yn llawn cyffro. 'Brenin annwyl, sarjant, wyddoch chi pwy ydi hi?'

'Na wn i,' atebodd yntau'n amyneddgar.

'Lisa Pughe, merch Cenwyn Pughe, 'tawn i'n marw! . . . Cenwyn Pughe, Llys Myfyr—pennaeth Cymdeithas Adeiladu Gorllewin a Dwyrain,' ychwanegodd yn gynhyrfus.

'Jiwbili bach,' ebychodd Price. 'Ydych chi'n berffaith siŵr?'

'Ydw,' mynnodd Non. 'Mi fydd 'na sgandal dychrynllyd pan aiff y newydd yma ar led.'

'Bydd,' cytunodd y sarjant, 'ac mae un peth yn siŵr— mi fydd rhaid cael rhywun uwch na sarjant i ddelio â'r achos. Mae'r hen Genwyn yn un o benna ffrindiau'r Prif

Gwnstabl. Arhoswch fan hyn, Non, tra bydda i'n rhoi gwybod i H.Q.'

'Diolch i'r drefn,' meddai Price wrthi pan ddychwelodd, 'maen nhw wedi llwyddo i gysylltu â Ditectif Inspector Rees. Fe ddaw o draw gynted gallith o.'

'Mae'n anodd deall pam y daeth hi i'r maes carafannau yma, o bobman, a'i thad yn berchennog y lle,' meddai Non.

'Mae 'na lawer o bethau ynglŷn â'r achos 'ma sy'n anodd eu deall,' ebe Price. 'Pwy oedd y dyn o Fanceinion ddaeth yma efo hi—a ble mae o rŵan? . . . Mae'n beth od iawn hefyd na fase Turner wedi nabod merch ei fòs.'

*   *   *   *

Doctor Morgan, y patholegydd, oedd y cyntaf i gyrraedd, a char y ffotograffwyr yn dilyn yn glòs wrth ei gwt.

'Bore da, Sarjant Price,' meddai'r patholegydd. 'Be sy wedi digwydd fan hyn?'

'Hunanladdiad, yn ôl pob golwg, Doctor Morgan,' atebodd Price. 'Merch leol a phroblem gyffuriau ganddi—merch Cenwyn Pughe, Gorllewin a Dwyrain, o bawb.'

Chwibanodd y doctor yn isel, 'Meriel?'

'Nage, Lisa—yn ôl W.P.C. Davies fan hyn.'

'Lisa!' meddai'r doctor, yn amlwg wedi'i synnu. 'Fel 'taen nhw ddim wedi cael digon o ofid . . . Yn y garafán mae hi?'

'Ia, Doctor,' atebodd Price. 'Mae Ditectif Inspector Rees ar ei ffordd.'

'Iawn,' meddai'r patholegydd. 'Mi a' i i gael golwg ar y corff 'te.'

Arhosodd y sarjant a Non y tu allan yn sgwrsio hefo'r ffotograffwyr a gŵr yr hers, oedd wedi cyrraedd erbyn hyn.

'Diolch byth,' meddai Price toc, pan welodd gar ei bennaeth yn dod i'r golwg. 'Rhyngddo fo a'i bicil rŵan.'

Camodd gŵr canol-oed, cryf o gorff a'i wallt yn britho'n gynnar allan o'r car.

'Bore da, Sarjant Price,' meddai, gan amneidio ar y gweddill a rhoi gwên i Non. 'Ydi Doctor Morgan hefo'r corff?'

'Ydi, syr,' atebodd yntau. 'Ro'n i'n meddwl mai cysylltu efo chi oedd y peth gorau i'w wneud dan yr amgylchiadau.'

'Wrth gwrs, Sarjant,' cytunodd Rees. 'Mi fydd hyn yn achosi cryn dipyn o gynnwrf tua Abermorlais . . . Rŵan 'te, ga i'r ffeithiau i gyd?'

'Achos syml o hunanladdiad, yn ôl pob golwg,' meddai'r Inspector, wedi i Sarjant Price orffen cyflwyno'i adroddiad.

'Ddim mor syml â hynny 'chwaith, Inspector Rees,' meddai'r patholegydd, oedd newydd ymuno â hwy. 'Mae 'na un neu ddau o bethau na fedra i mo'u hesbonio ar hyn o bryd.'

'Gobeithio na fydd hyn yn achosi mwy o ofid i'r teulu. Dydi Mrs. Pughe ddim yn dda iawn ei hiechyd ers tro byd,' meddai'r Inspector.

'Mae a wnelo'r cyffuriau a'r cwdyn plastig â'r farwolaeth, wrth gwrs,' meddai'r meddyg. 'Ond mae 'na un neu ddau o bethau sy'n ymddangos yn od, braidd, ar yr olwg gynta. Fe gewch fwy o wybodaeth wedi imi gwblhau'r P.M.'

'Oes 'na rywbeth y gellwch roi'ch bys arno rŵan, Doctor?' holodd yr Inspector.

'Na, dim ond ei bod wedi marw,' atebodd Doctor Morgan yn swta.

'O'r gorau,' meddai Rees. 'Rhaid inni fodloni ar hynny, debyg.' Gwyddai o brofiad na allai beri i'r meddyg frysio gyda'i ymchwiliadau. 'Fe hoffwn i weld y corff cyn iddo gael ei symud.'

'Rhyngoch chi a gweddill y criw 'ma am hynny,' atebodd y patholegydd. 'Mae gen i lond côl o waith yn fy aros.' Ac i ffwrdd ag ef yn ddiseremoni.

'Mae'r hen frawd yn bigog braidd, bore 'ma,' meddai'r Inspector. 'Gormod o waith, debyg.'

'Ia, syr,' cytunodd Price. 'Ac mae gweld rhai ifanc yn marw o achos cyffuriau yn 'i yrru o'n gandryll. Gyda llaw, syr, fe adawodd y ferch lythyr,' ychwanegodd, gan ei dynnu o'i waled a'i estyn iddo.

'Mae'r cyffuriau felltith 'ma i'w cael ym mhob cwr o'r wlad bellach, wrth gwrs,' meddai'r Inspector yn flin, wedi iddo ddarllen llythyr Lisa, 'ond mae rhywun yn dal i gael tipyn o sioc—a siom—o sylweddoli fod merch fel hon yn gaeth iddyn nhw.'

'Falle mai dyna un o'r pethau sy'n poeni'r patholegydd, syr,' meddai Price.

'Ia, debyg,' cytunodd Rees yn araf. 'Wel, fe awn ni i gael golwg arni, beth bynnag.'

Dilynodd y sarjant ef i mewn i'r garafán.

'Oes 'na unrhyw beth arall?' gofynnodd yr Inspector, wedi iddo weld y corff.

Arweiniodd y sarjant ef at y soser a'r nodwydd. 'Falle mai'r hyn *nad* ydi o yma sy'n od, syr,' meddai.

'Be dach chi'n feddwl, sarjant?'

'Wel, syr,' atebodd Price, 'yn ôl adroddiad y goruch-wyliwr, fe ddaeth gŵr ifanc hefo hi i aros yn y garafán ond does dim sôn amdano fo yn unman. Mae'n od iawn hefyd fod Turner ddim wedi nabod y ferch.'

'Mae'n debyg fod y boi wedi'i heglu hi'n ôl i Fanceinion erbyn hyn,' meddai'r Inspector. 'Yn enwedig os mai fo oedd yn gwerthu'r cyffuriau iddi. Gorau po gynta y cawn ni afael ar y brawd.'

'Be 'di'r cam nesa 'te, syr?' gofynnodd Price.

'Wedi i'r ffotograffwyr gwblhau'u gwaith, mi symudwn ni'r corff ac mi awn ni â'r garafán i'r dre er mwyn i'r adran fforensig gael mynd drosti â chrib fân. Yn y cyfamser, mi awn ninnau i gael sgwrs efo'r goruchwyliwr . . . ac yna mi geith Non ddod hefo fi i dorri'r newydd i'r rhieni, yn enwedig gan ei bod hi'n nabod Lisa.'

Doedd Turner ddim wedi symud o'i gadair yn y swyddfa oddi ar i Non ei adael. Erbyn hyn roedd y botel whisgi'n hanner gwag ac ôl y gwirod yn eglur ar ruddiau'r goruchwyliwr. Caledodd llygaid glas yr Inspector.

'Bore da, Mr. Turner,' meddai Rees. 'Rwy'n deall ichi gael profiad ysgytwol braidd. Byddwn yn ddiolchgar iawn pe gallech ein cynorthwyo i roi cefndir i'r digwydd-iad a hefyd roi mwy o wybodaeth inni am y gŵr a huriodd y garafán.'

Ceisiodd Turner sefyll ond bu raid iddo aileistedd a

phan atebodd, siaradai braidd yn aneglur, yn union fel pe bai ganddo dafod dew.

'Does gen i fawr i'w ychwanegu at yr hyn rydw i wedi'i ddweud wrth y sarjant,' meddai.

'Wel, Mr. Turner,' meddai'r Inspector yn amyneddgar, 'fe wyddom bellach pwy oedd y ferch. Lisa Pughe, merch Mr. Pughe, perchennog y maes carafanau yma. Peth od na fasech chi wedi nabod merch eich cyflogwr.'

Dechreuodd Turner gecian. 'W. w. w. . .elais i 'rioed mohoni,' meddai. 'Dydw i ddim yn cymysgu hefo teulu'r bòs. Pe bawn i'n gwybod pwy oedd hi, fydde hi ddim wedi cael ei rhoi yn y garafán fach 'na a charafán fawr, foethus gan ei thad ar y maes . . .'

'Roedd o'n beth od, a dweud y lleia,' meddai'r Inspector. 'Mynnu carafán ac un ei thad ar gael.'

'Go brin y bydde hi wedi defnyddio carafán ei thad, syr,' meddai Price, 'ac ystyried beth oedd ganddi mewn golwg.'

'Falle hynny,' meddai Rees. Trodd at Turner, oedd ar fin arllwys gwydraid arall o whisgi iddo'i hun. 'Rwy'n credu y bydde'n well ichi adael i hwnna fod, Mr. Turner,' meddai'n dawel, 'neu fyddwch chi ddim mewn cyflwr i ateb 'run cwestiwn.'

'Mae'n ddrwg gen i, Inspector,' ymddiheurodd Turner, gan roi'r gwydr o'r neilltu, 'ond rhaid ichi gofio 'mod i wedi cael sioc go arw . . .'

'Rwy'n deall hynny, Mr. Turner,' meddai Rees. 'Rŵan 'te, beth am y gŵr oedd hefo hi? Fedrwch chi roi rhywfaint mwy o wybodaeth inni amdano? Mae'n bwysig ryfeddol inni fedru cysylltu ag o oherwydd mae'n ddigon posib ei fod yn ddosbarthwr cyffuriau.'

'Dosbarthwr cyffuriau!' ebychodd Turner, mewn syndod. 'Pe bawn i wedi amau hynny am eiliad, fydde'r un o'i draed wedi cael mynd i unrhyw garafán ar y maes 'ma!'

'Be dach chi'n gofio amdano fo?'

'Dim mwy nag a ddwedais i wrth Sarjant Price, Inspector,' atebodd Turner. 'Mae'n wir ddrwg gen i, ond feddyliais i ddim am eiliad y bydde gofyn imi roi disgrifiad manwl ohonyn nhw.'

'Trueni,' meddai Rees. 'Does gynnon ni ond gwneud y gorau o'r hyn sydd gennym, felly, ond os digwydd ichi gofio unrhyw beth arall, wnewch chi gysylltu â ni ar unwaith, Mr. Turner?'

Ychwanegodd yr Inspector y byddai'n rhaid symud y garafán i'r dref dros dro.

'Fedra i mo'ch rhwystro chi, debyg,' meddai Turner. 'A dweud y gwir, phoenwn i fawr pe na bawn i byth yn gweld yr hen beth eto . . .'

Wedi i'r heddlu ymadael, ni fu Turner yn hir cyn arllwys gwydraid arall o whisgi iddo'i hun a'i yfed bron ar ei dalcen. 'Diolch byth am weld eu cefnau nhw!' meddai'n uchel wrtho'i hun, 'a diolch i'r nefoedd mai nhw fydd raid dweud wrth yr hen Bughe. Mi siglith o i'w sodlau.'

'Od iawn na fase Turner wedi nabod merch Pughe yntê, syr?' meddai Price wrth yr Inspector, fel roeddynt yn cerdded yn ôl at eu ceir.

'Ddim o reidrwydd,' atebodd Inspector Rees. 'Mae Pughe a'i griw yn troi mewn cylchoedd pur wahanol i Turner, bellach. Mae'n ffodus iawn fod Non wedi'i hadnabod. Mae hynny wedi arbed llawer iawn o drafferth inni i gyd. Mi fuoch yn sylwgar iawn, Non,' meddai wrthi.

Gwenodd hithau'n swil, yn falch o gael gair o ganmoliaeth gan ei phennaeth. Nid oedd yn enwog am wasgaru'i longyfarchiadau'n hael.

'Fe awn ni'n dau i weld y teulu rŵan, sarjant,' meddai'r Inspector. 'Ewch chithau i'r pencadlys i roi'r ymchwiliad am y gŵr o Fanceinion ar y gweill a threfnu i symud y garafán.'

'O'r gorau, syr,' cytunodd Price.

3

'Sut oeddech chi'n nabod Lisa, Non?' gofynnodd yr Inspector ar y ffordd i dŷ Cenwyn Pughe.

'Digwydd cael gwahoddiad i'w chartre hi yn ystod yr haf wnes i, syr,' atebodd. 'I farbeciw er budd y Guides yn y dre. Ac yna fe'i gwelais hi eto yn nawns cynhaeaf yr heddlu yn Abermorlais ryw fis yn ôl. Roedd hi yno efo'i thad—dach chi ddim yn cofio?'

'O ydw!' meddai Rees. 'Rwy'n cofio gweld Pughe yno ond chwrddais i ddim â'i ferch o 'chwaith. Sut eneth oedd hi?'

'Merch dlws iawn, syr,' atebodd Non, 'a merch annwyl iawn hefyd, o'r ychydig a welais i arni. Yr ola yn y byd, dybiwn i, a fase'n ymhél â chyffuriau . . . Ond dyna fo, mae'n anodd sobor gwybod heddiw pwy sydd a phwy sydd ddim.'

'Digon gwir, gwaetha'r modd,' cytunodd yr Inspector.

Arafodd Non y car yn y man ac aros y tu allan i glwyd haearn hardd a agorai i'r dreif a arweiniai at Lys Myfyr, cartref Cenwyn Pughe a'i deulu. Agorodd yr Inspector y glwyd a'i chau drachefn wedi i Non yrru i mewn. Crensiai'r olwynion yn araf ar y cerrig mân, melyn oedd wedi'u taenu dros wyneb y dreif. Ymhen rhyw drigain llath arafodd Non y car ac aros y tu allan i'r tŷ—tŷ a adeiladwyd yn weddol ddiweddar ar ffurf hen blasty gyda thŵr bychan iddo. Eisoes roedd eiddew wedi dringo hyd at hanner ei furiau ac ychwanegai at harddwch yr adeilad.

'A dyma beth mae trigolion Abermorlais yn ei alw'n gastell Pughe, syr,' meddai Non, a hanner gwên ar ei hwyneb.

'Ie, yntê,' cytunodd yntau. 'Rhaid cydnabod ei fod yn dŷ hardd ryfeddol. Fydde 'morgais i ddim yn talu am y ddwy garej 'na . . .'

'Wel,' meddai Non, 'nid pawb sy'n bennaeth Cymdeithas Adeiladu . . . Fuoch chi yma o'r blaen, syr?'

'Naddo,' atebodd Rees. 'Dydw i ddim yn digwydd bod yn un o'r crachach sy'n cael eu gwahodd yma . . . fel rhai,' ychwanegodd â gwên. 'Oes 'na bwll nofio yma?'

'Oes, yng nghanol gardd hyfryd yn y cefn,' atebodd Non. 'Man bendigedig i dorheulo.'

'A wel!' meddai'r Inspector, 'Cystal inni fynd at ein gwaith, yn hytrach na sefyll fan hyn yn cenfigennu . . .'

Dringodd y ddau'r hanner dwsin o risiau a arweiniai at y drws ffrynt o dderw du a chanodd yr Inspector y gloch. Fe'i hagorwyd ymhen rhai eiliadau gan forwyn.

'Bore da,' meddai'r Inspector. 'Ydi Mr. Pughe yn digwydd bod gartre?'

'Ydi, syr,' atebodd y forwyn. 'Ond rwy'n meddwl 'i fod o ar gychwyn i ryw gyfarfod yn y dre.'

'Wnewch chi ofyn iddo a gawn ni ei weld o am funud? Mae'n fater go bwysig. Inspector Rees, o heddlu Abermorlais.'

'Gwnaf, syr,' atebodd y forwyn. 'Dowch i mewn i'r cyntedd i aros.'

Daliodd yr Inspector a Non ar y cyfle i edmygu'r cyntedd hardd: o dan eu traed roedd carped trwchus o liw gwin, a orchuddiai'r grisiau llydan yn ogystal. O'u cwmpas gwelent ddarnau o ddodrefn hen-ffasiwn gwerthfawr. Bron na allent arogli'r moethusrwydd. Dychwelodd y forwyn a gofyn iddynt ei dilyn i'r lolfa; fyddai'r meistr ddim yn hir, meddai.

'Duw a ŵyr a fydd yr holl foethusrwydd 'ma o ryw gysur pan glywan nhw'r newydd am eu merch,' meddai'r Inspector yn feddylgar.

Cerddodd Mrs. Pughe i mewn i'r ystafell yn dawel ac urddasol. Roedd yn wraig hardd ei gwedd, a'i gwallt tonnog yn glaer wyn, ond roedd arwyddion eglur o ofid neu afiechyd ar ei hwyneb. Cododd Inspector Rees a Non i'w derbyn.

'Bore da, Inspector Rees. Mae'n ddrwg gen i nad yw fy ngŵr yn gallu dod am funud neu ddau. Mae'n paratoi ar gyfer rhyw gyfarfod pwysig yn y dre. Steddwch.'

'Fflamio!' ebychodd Rees wrtho'i hun. 'Ro'n i'n gobeithio na fydde hi'n bresennol i glywed y newydd drwg.'

Ar hynny, cerddodd Cenwyn Pughe i mewn, yn brysur a phwysig ei osgo. Gŵr tal, urddasol ydoedd a'i wallt yn britho'n gefndir arian i'w wyneb, a'i groen fel lliw cneuen aeddfed.

Cododd yr Inspector i'w dderbyn gan ymddiheuro am alw mor gynnar.

'Wel, mae'n anghyfleus iawn a dweud y gwir, Inspector,' meddai Pughe. 'Rwy'n ofni na alla i roi mwy na chwpwl o funudau ichi.'

'Os ca i awgrymu'n garedig, Mr. Pughe,' meddai Rees yn amyneddgar, 'falle y byddai'n ddoeth ichi anfon neges yn dweud y bydd yn anodd, os nad yn amhosib, ichi fynd i'r cyfarfod yn y dre.'

'Inspector Rees,' atebodd Pughe yn awdurdodol, 'pa mor bwysig neu ddifrifol bynnag ydi'r mater rydych am ei drafod â mi, rwy'n credu mai fy lle i yw trefnu fy amserlen. Nawr, be sy wedi'ch gyrru chi yma mor gynnar?'

'Mr. Pughe,' atebodd yr Inspector yn dawel, 'rwy'n eich sicrhau fod gennym resymau digonol dros alw. Wnewch chi eistedd a . . .'

'Inspector,' torrodd Pughe ar ei draws, 'mi eistedda i yn fy amser fy hun, nawr . . .'

'Cenwyn,' meddai'i wraig yn dawel ond yn gadarn, 'dach chi ddim yn meddwl y byddai'n well ichi wrando ar Inspector Rees? Rwy'n siŵr nad ydi o ddim wedi galw yma heb reswm digonol.'

'O'r gorau,' cytunodd yn anfoddog, gan eistedd wrth ochr ei wraig. 'Mi gewch bum munud, Inspector.'

'Diolch Mr. Pughe . . . Rwy'n ofni fod gennym newydd drwg i chi.' Roedd ei lais a'i osgo'n darogan y newydd trist roedd ar fin ei drosglwyddo. 'Mae a wnelo fo â Lisa, eich merch.'

'Â Lisa?' meddai Pughe mewn syndod. 'Be sy'n bod? Ydi hi wedi cael damwain? Pam na ddwedwch chi, yn lle tindroi . . .?'

'Cenwyn, plîs,' meddai'i wraig yn daer, a rhoi'i llaw ar ei fraich. 'Beth sy wedi digwydd, Inspector?'

'Mr. a Mrs. Pughe,' atebodd yntau'n dawel, 'mae'n wir ddrwg gen i orfod dweud wrthych i gorff eich merch gael ei ganfod mewn carafán ar faes carafanau'r Hebog fore heddiw a . . .'

'Peidiwch â siarad mor blydi dwl, ddyn!' gwaeddodd Cenwyn Pughe ar ei draws gan neidio ar ei draed. 'Mae hynny'n amhosib. Mae Lisa ar gwrs yn yr Alban ers tridiau. Mi ddylech fod yn sicr o'ch ffeithiau cyn dod yma i'n cynhyrfu â'r fath newydd. Mae iechyd fy ngwraig yn fregus iawn. Mi gewch glywed mwy am hyn . . .'

'Mr. Pughe,' meddai'r Inspector yn gadarn, 'fe alla i'ch sicrhau chi na ddaethon ni yma heb fod yn gwbl sicr o'n ffeithiau.'

'O Dduw mawr!' llefodd Mrs. Pughe yn drist. 'Cenwyn, falle mai Meriel ydi hi?'

'Meriel? Be wyt ti'n feddwl?' meddai yntau'n ffrwcslyd, a'i wyneb wedi gwelwi. 'Ie Meriel, siŵr iawn,' meddai wedyn. 'Damio chi! Inspector, pam na wnewch chi'n siŵr o'ch ffeithiau? Mi fynna i air â'r Prif Gwnstabl am hyn. Mae'n un o'n ffrindiau penna . . .'

'Cysylltwch â'r Prif Gwnstabl os mynnwch, Mr. Pughe,' meddai Rees, 'ond gallaf eich sicrhau fod gen i dystiolaeth bendant mai'ch merch Lisa a ganfuwyd yn y garafán. Mae W.P.C. Davies fan hyn yn gybyddus â hi ac yn tystio'n bendant mai corff Lisa Pughe oedd yn y garafán.'

'O Dduw mawr!' llefodd Mrs. Pughe.

O'r diwedd, gwawriodd difrifoldeb y newydd brawychus ar Cenwyn Pughe. 'Lisa!' meddai'n drist, 'Dydi'r peth ddim yn bosib! Mae'n rhaid bod rhyw gam-gymeriad yn rhywle—mae Lisa yng Nghaeredin!' Troes at Non a gofyn yn daer, 'Sut *gall* hi fod yn Lisa? Mae'n rhaid eich bod chi wedi gwneud camgymeriad. Er mwyn Duw, ydych chi'n berffaith siŵr?'

Edrychodd Non i gyfeiriad ei phennaeth ac amneidiodd yntau arni, a throes hithau at Pughe a'i wraig: 'Mr. a Mrs. Pughe,' meddai, 'mi hoffwn i'n fwy na dim allu dweud 'mod i wedi gwneud camgymeriad, ond rwy'n ofni nad yw hynny'n bosib. Mi gwrddais i â Lisa fis Awst diwetha—yma yn Llys Myfyr—yn y barbeciw a gynhaliwyd er budd y Guides. Rwy'n siŵr eich bod yn cofio'r achlysur. Ac yna mi gwrddais â hi eto yn nawns heddlu Abermorlais ym mis Medi. Roeddech chi'ch dau yno . . . Rwy'n hollol sicr mai corff Lisa a ganfuwyd yn y garafán bore 'ma,' ychwanegodd yn dawel.

Gorfodwyd y rhieni gan sicrwydd tawel Non i dderbyn y gwirionedd na fynnent ei gydnabod. Rhoes Pughe ei ddwylo dros ei wyneb.

'Lisa, Lisa fach, be ddigwyddodd iti?'

'Mr. Pughe,' meddai'r Inspector. 'Fe adawodd eich merch lythyr i chi'ch dau.'

'Llythyr?' meddai Pughe, gan ollwng ei ddwylo i lawr. 'Llythyr? I be, 'mwyn dyn, a hithau mor agos? Dydw i ddim yn deall! Be sy 'di digwydd iddi, Inspector? Wnewch chi egluro?'

'Rwy'n ofni y bydd yr eglurhad yn siŵr o ychwanegu at eich gofid. Yn ôl y dystiolaeth sydd gennym ar hyn o bryd, ynghyd â'r hyn a sgrifennodd eich merch yn y llythyr, mae sail gadarn gennym i gredu i'ch merch roi terfyn ar ei bywyd ei hun.'

Gwylltiodd Pughe eto. 'Peidiwch â siarad mor ddwl, ddyn!' ebychodd. 'Nid Lisa, o bawb. Byth! Meriel falle, ond nid Lisa,' ychwanegodd yn dawel. 'A pha hawl oedd gynnoch chi i ddarllen llythyr oedd wedi'i gyfeirio aton ni?'

Tynnodd yr Inspector y llythyr o'i boced. 'Doedd dim enw na chyfeiriad ar yr amlen, Mr. Pughe,' eglurodd, 'a doedd yr amlen ddim wedi'i selio. Fe agorodd y sarjant y llythyr er mwyn ceisio canfod pwy oedd y ferch, gan fod gennym le i gredu'i bod hi'n dod o Fanceinion. Ac yn ôl cynnwys y llythyr a'r dystiolaeth yn y garafán, mae'n ymddangos i'ch merch farw o ganlyniad i orddos o gyffuriau.'

'O na!' sibrydodd y fam yn drist. 'Lisa ni . . . yn cymryd cyffuriau?'

Bu tawelwch llethol am rai eiliadau wedi i'r ddau ddarllen y llythyr, ac yna trodd Mrs. Pughe at ei gŵr, a'r dagrau'n llifo'n ddireol i lawr ei gruddiau, 'Cenwyn, Cenwyn,' cyhuddodd, 'be wyt ti wedi'i wneud? Mae dy chwarae di wedi troi'n chwerw o'r diwedd. Faddeua i *byth* iti!' gwaeddodd, gan ei ddyrnu ar ei ysgwydd yn wyllt.

Cydiodd Non ynddi a cheisio'i thawelu.

'Frances,' meddai'i gŵr yn druenus, 'faint bynnag o wendidau sy'n perthyn imi, mi wyddost mai'r peth ola yn y byd a fynnwn i fydde gwneud drwg i Lisa, o bawb. Rwy'n caru 'mhlant yn angerddol ac fe wnawn unrhyw beth i'w gwarchod.'

Estynnodd ei law tuag ati gyda'r bwriad o geisio'i chysuro ond tynnodd hi'n ôl oddi wrtho, 'Paid ti â chyffwrdd â mi,' meddai, a'i llais yn llawn dicter.

'Non,' meddai'r Inspector, 'ewch i'r gegin a gofynnwch i'r forwyn am gwpaned o de cryf . . . A Mr. a Mrs. Pughe,' ychwanegodd, wedi i Non eu gadael, 'rwy'n ofni fod rhai cwestiynau y mae'n rhaid i mi eu gofyn. Mae'n ddrwg gen i orfod gwneud hynny ar adeg fel hyn ond mae'n bwysig ryfeddol inni fedru canfod o ble'r oedd eich merch yn prynu cyffuriau. Wyddech chi ei bod yn ymhél â nhw?'

'Ddim o gwbl,' atebodd Pughe. 'Ac mi awn ar fy llw nad oedd hi ddim 'chwaith. Mae'r peth yn anhygoel. Wyddet ti, Frances?' gofynnodd i'w wraig.

'Welais i 'rioed unrhyw arwydd o fath yn y byd. Dyna sy'n anodd i'w gredu! Meriel ie, ond Lisa na, ddim *byth!* Mi faswn yn siŵr o fod wedi sylwi.'

'Dyna fyddwn innau'n ei dybio,' meddai Rees, 'o feddwl ei bod wedi mynd mor gaeth iddyn nhw fel na allai fyw hebddynt.'

'Ond ymhle'r oedd hi'n cael gafael ar gyffuriau, Inspector?' gofynnodd y tad, 'a pham ar y ddaear roedd Lisa, o bawb, yn brin o arian?'

'Fe hoffen ninnau wybod ym mhle 'r oedd hi'n prynu'r cyffuriau a chan bwy, Mr. Pughe. Mae'r cwestiwn ynglŷn â'r arian yn haws i'w ateb—cofiwch fod y dosbarthwyr cyffuriau'n codi crocbris amdanyn nhw, ac os oedd Lisa mor gaeth iddyn nhw ag y mae'r llythyr 'ma'n ei awgrymu, does dim syndod ei bod hi'n brin o arian.'

'Ond fe wyddai nad oedd raid iddi ond gofyn i *mi*,' meddai Pughe. 'Fe fyddwn i wedi rhoi faint a fynnai o arian iddi.'

'I brynu cyffuriau, Mr. Pughe?' gofynnodd Rees.

Nid atebodd y tad.

Dychwelodd Non o'r gegin, yn cael ei dilyn gan Ella'r forwyn yn cario hambwrdd ac arno lestri a thebot hardd. Fe'i gosododd ar fwrdd bychan ac arllwys dwy gwpaned o de. Roedd dagrau'n llifo i lawr ei hwyneb a'i dwylo'n crynu cymaint nes iddi golli'r te i'r soser wrth geisio estyn cwpaned i Mrs. Pughe.

'O Ella, Ella!' ochneidiodd honno, gan godi i'w chyfarfod, ac yn ei gofid gollyngodd Ella druan y cwpan a'r soser i'r llawr.

'O, na!' llefodd, wrth weld y te'n staenio'r carped moethus.

Gwyliai pawb yn fud tra cofleidiai'r ddwy'n dyner a chysuro'i gilydd am ennyd, cyn i'r forwyn arwain ei meistres yn ôl at ei gŵr a'i rhoi i eistedd wrth ei ochr. Tywalltodd gwpanaid arall o de a'i hestyn iddi. 'Mi ddo i â chwpaned arall i chi, Mr. Pughe, a chlwtyn i sychu'r carped,' meddai'n ofidus, gan droi at ei meistr.

'Na, Ella,' meddai yntau, yn codi ar ei draed. 'Dydw i ddim eisio te, a gadewch lonydd i'r carped am rŵan. Mae gennym bethau mwy difrifol i boeni amdanyn nhw ar hyn o bryd.'

Wedi i Ella ymadael—a'i hosgo'n amlygu'n eglur â phwy'r oedd ei chydymdeimlad—agorodd Pughe gwpwrdd yn llawn gwirodydd o bob math ac arllwys dogn helaeth o whisgi iddo'i hun. Cytunodd ag awgrym yr Inspector ei fod yn caniatáu i Non ffonio'i swyddfa a hysbysu'i ysgrifenyddes na fyddai'n medru mynd i'r cyfarfod y bore hwnnw.

Roedd yr Inspector yn awyddus iawn i ddychwelyd at achos yr hunanladdiad.

'Gall fod mwy nag un rheswm pam y mae rhywun yn cyflawni hunanladdiad,' meddai. 'Tybed a wyddoch chi am unrhyw beth a allai fod yn poeni'ch merch, ar wahân i'r broblem gyffuriau?'

Roedd y lliw wedi dychwelyd i ruddiau Pughe, wedi

34

iddo gael llwnc neu ddau o'r whisgi, a chyfran helaeth o'i hyder wedi'i adfeddiannu. 'Hyd y gwn i,' atebodd yn weddol gadarn, 'doedd 'na ddim byd yn poeni Lisa. Roedd hi ar ben ei digon ac yn mwynhau bywyd. Mae'r peth yn anesboniadwy i mi.'

'Mrs. Pughe?' meddai Rees.

'Na,' atebodd hithau, wedi peth oedi. 'Hyd y gwn i roedd hi'n ddigon hapus. Mi fu'n colli cwmni Meriel am amser ond roedd wedi dygymod â hynny, erbyn hyn.'

'Oedd hi'n canlyn?'

'Na, neb yn gyson,' meddai'i mam. 'Roedd ganddi lawer o ffrindiau ond neb y base'n ei alw'n gariad, am wn i.'

'Ac eto,' meddai Rees, 'fe gytunodd i fynd i aros mewn carafán hefo gŵr na wyddoch chi ddim ar y ddaear amdano. Onid ydi hynny'n beth od?'

'Be felltith ydych chi'n 'i awgrymu, Inspector?' gofynnodd Pughe yn sarrug. 'Ydych chi'n awgrymu fod Lisa'n barod i gysgu hefo unrhyw ddyn?'

'Mae'n ddrwg gen i,' ymddiheurodd Rees. 'Doeddwn i ddim yn bwriadu awgrymu hynny am funud. Y cwbl rwy'n geisio'i wneud ydi casglu cymaint ag y galla i o wybodaeth am eich merch ac, os yn bosib, am y gŵr a huriodd y garafán. Mae'n *rhaid* inni ddod o hyd iddo.'

Ni chafodd unrhyw ymateb. 'Wel, mae'n debyg fod byd cyffuriau a phrofiad fel hyn yn beth diarth iawn i chi'ch dau,' ychwanegodd, 'ond os digwydd ichi gofio am unrhyw beth a allai fod o help, wnewch chi gysylltu â mi, os gwelwch yn dda? . . . Rwy'n ofni fod un gorchwyl y mae'n rhaid i mi ofyn i chi'i gyflawni, Mr. Pughe, sef tystio i'r ffaith mai corff Lisa'ch merch a ganfuwyd yn y garafán. Os na fedrwch chi, falle y gwna rhyw aelod arall o'r teulu.'

Cododd Pughe yn araf a thrwsgl. 'Na,' meddai, 'fy nyletswydd i yw hynny. Pryd rydach chi am imi fynd?'

'Gorau po gynta, Mr. Pughe,' atebodd yr Inspector. 'Fe awn ni i fortiwari'r ysbyty ar ein hunion, os mynnwch. Fe gaiff Cwnstabl Davies aros yma'n gwmni i Mrs. Pughe tra byddwch chi allan. Fe awn yn fy nghar i. Ond rwy'n siŵr yr hoffech gael munud neu ddau yng nghwmni'ch gilydd yn gynta. Fe arhosa i amdanoch yn y cyntedd.'

'A be wnei di rŵan?' gofynnodd Mrs. Pughe yn chwerw, ar ôl i Inspector Rees a Non eu gadael. 'Mynd i chwilio am dy gysur yn rhywle arall eto? Mi yrraist Meriel odd'ma â'th gariad hunanol, gan anwybyddu Lisa a minnau, a rŵan dyma ni wedi colli'r ddwy. Duw a'm helpo, does gen i fawr o reswm dros fyw, bellach.'

'Frances,' meddai Pughe yn dawel a thruenus, 'paid â dweud hynna. Mi wn 'mod i ar fai . . .' Rhoes ei fraich amdani a'i thynnu ato, '. . . ond ar fy llw, cherais i neb erioed fel rydw i wedi dy garu di a'r merched. Duw faddeuo imi 'mod i wedi peri cymaint o ofid i ti, o bawb. Dyna'r peth ola ro'n i am ei wneud, ond rwy'n addo na chei di wynebu hyn ar dy ben dy hun.' Daliodd ei wraig yn dynn nes i'w hwylo arafu. 'Dyna ti, fe gaiff Ella ddod atat ti rŵan. Mae'n rhaid i mi fynd hefo Inspector Rees er, Duw a ŵyr, mi fydde'n well gen i beidio.'

'Paid â bod yn hir, Cenwyn,' meddai'i wraig drwy'i dagrau.

''Run eiliad yn hwy na sydd raid,' atebodd.

Tra oedd Pughe a'i wraig yn siarad, daliodd yr Inspector ar y cyfle i gael gair â Non.

36

'Trefnwch i Ella alw ar feddyg Mrs. Pughe i ddod i'w gweld mor fuan ag sy'n bosib,' meddai, 'a thra bydd hi'n gwneud hynny daliwch chithau ar y cyfle i geisio cael rhywfaint mwy o wybodaeth gan y fam am gefndir Lisa . . . a Meriel hefyd, os medrwch chi. Cofiwch fod Ella'n gwybod llawer iawn o hanes y teulu hefyd. Gofynnwch iddi a gewch chi weld stafell wely Lisa.'

'O'r gorau, syr,' atebodd Non.

'Mae Ella'n ffonio'ch meddyg, Mrs. Pughe,' meddai Non, wedi iddi ymuno â hi yn y lolfa. 'Rwy'n siŵr y cewch rywbeth ganddo i'ch helpu i wynebu'r sioc enbyd rydach chi wedi'i gael. Oes 'na rywbeth alla i ei wneud?'

'Fedrwch chi ddim dod â Lisa'n ôl i mi,' meddai Mrs. Pughe, a'i dagrau'n ailddechrau llifo.

'Na allwn, yn anffodus,' meddai Non. 'Ond beth am Meriel? Fe allwn geisio cysylltu â hi. Rwy'n siŵr y dôi hi adre ar ei hunion.'

'Does gen i ddim syniad yn y byd ble mae hi,' atebodd Mrs. Pughe yn drist. 'Dyw hi ddim wedi bod adre ers dwy flynedd a dydyn ni ddim wedi derbyn gair ganddi ers misoedd . . .' a dechreuodd feichio wylo unwaith eto.

Rhoddodd Non ei braich am ei hysgwydd a cheisio'i chysuro. 'Peidiwch â phoeni am hynny, Mrs. Pughe,' meddai. 'Rwy'n sicr y gallwn ni ddod o hyd iddi—os cawn ni hynny o wybodaeth y gellwch chi ac Ella ei roi inni am Meriel.'

Peidiodd dagrau Mrs. Pughe yn y man. 'Maddeuwch i mi,' ymddiheurodd, 'ond mae colli Lisa ar ben colli Meriel bron â 'ngyrru i'n wallgo.'

'Does dim rhaid ichi ymddiheuro i mi, Mrs. Pughe,' meddai Non. 'Mae'n well ichi ildio i'ch dagrau na gwasgu'ch gofid i mewn. Wnaiff hynny ddim lles ichi. Oedd 'na ryw reswm arbennig pam y gadawodd Meriel ei chartref a thorri cysylltiad â chi?'

'Oedd,' atebodd y fam yn dawel, 'ei thad yn ei mygu â'i gariad ac yn mynnu rheoli'i bywyd, a phan ddechreuodd hi gymysgu â chriw go amheus yn y dre, fe ffraeodd y ddau'n enbyd. Ar ben hynny, rwy'n amau braidd ei bod yn cenfigennu wrth Lisa. Fe aeth hi i'r brifysgol a graddio yn y Gymraeg a llwyddo i gael swydd yma yn Abermorlais. Fe adawodd Meriel dros nos heb ddweud gair wrth neb. Mae'i thad wedi trio popeth i'w chael yn ôl ond wedi gorfod cydnabod ei fethiant.'

'Lwyddodd o i gysylltu â hi o gwbl?'

'Ddim hyd y gwn i, ond mae rhywbeth wedi bod ar ei feddwl o'n ddiweddar. Dwn i ddim a oes a wnelo hynny â Meriel. Ddwedith o ddim wrtha i.'

'Oedd Lisa a Meriel yn gohebu â'i gilydd, Mrs. Pughe?'

'Ddim hyd y gwn i. Rwy'n sicr y bydde Lisa wedi dweud wrtha i pe bai hi wedi derbyn llythyr gan Meriel.'

'Fe wnaethoch chi neu Mr. Pughe awgrymu fod Meriel yn ymhél â chyffuriau. Ydych chi'n siŵr o hynny?'

'Dwi'n meddwl mai dyna wraidd yr helynt rhyngddi hi a'i thad. Roedd arno fo ofn ei bod yn arbrofi â chyffuriau efo'r criw rhyfedd 'na yn y dre.'

'Maddeuwch i mi am holi cymaint, Mrs. Pughe,' ymddiheurodd Non wrth weld yr olwg flinedig oedd arni. 'Falle y bydde'n well i chi fynd i orwedd nes daw'r meddyg. Mi alwa i ar Ella i ddod i'ch helpu chi.'

'Mae 'nghalon i'n gwaedu dros y greadures,' meddai Ella, pan ddychwelodd hi i'r gegin at Non. 'Mae hi wedi dioddef digon eisoes heb orfod wynebu colli Lisa hefyd. Dwedwch i mi,' gofynnodd, 'ydi o'n wir iddi adael llythyr yn dweud na allai fyw heb gyffuriau?'

'Ydi, mae arna i ofn,' atebodd Non.

'Dyna'r ffwlbri gwiriona glywais i 'rioed,' meddai Ella'n daer, 'a phetaech chi wedi nabod Lisa fel fi mi fyddech yn cytuno â mi. Mae'r peth y tu hwnt i bob synnwyr.'

'Ond, Ella, roedd yn amlwg o'r hyn a welson ni yn y garafán ei bod hi'n cymryd cyffuriau,' meddai Non, 'a pham gadael llythyr yn dweud iddi wneud?'

'Os mai hi sgrifennodd o,' meddai Ella. 'Does neb yn mynd i 'mherswadio i fod Lisa'n cymryd cyffuriau. Chymerai hi ddim aspirin, heb sôn am ddim arall. Mae'r peth yn ddirgelwch llwyr i mi.'

'Mae modd datrys y rhan fwya o ddirgelion, Ella,' meddai Non. 'Falle y gellwch chi'n cynorthwyo i ddatrys y dirgelwch yma.'

'Mi wna i bopeth o fewn fy ngallu i'ch helpu,' addawodd Ella'n bendant.

'Mae'n bosib fod Meriel yn gysylltiedig â'r digwyddiad, rywfodd,' meddai Non. 'Fedrwch chi ddweud rhywbeth wrtha i amdani hi?'

'Hen biwran fach fu hi o'r cychwyn,' meddai Ella. 'Wedi'i difetha gan ei thad, gwyllt ei thymer ac yn mynnu'i ffordd ei hun. Tebyg iawn i'w thad mewn llawer ffordd. Rhy debyg i'r ddau fedru cytuno ac yn y diwedd dyna a'i gyrrodd hi oddi cartre. Roedd Lisa'n anwylach merch o lawer, tebyg i'w mam.'

'Oedd y chwiorydd yn cysylltu â'i gilydd?'

'Fe ddeuai llythyr oddi wrth Meriel ambell dro, pan

fydde hi'n brin o arian ac eisio help Lisa, ond fydde Lisa byth yn dweud wrth ei mam.'

'Oes gynnoch chi ryw syniad ble mae Meriel?'

'Fe bostiais i barsel iddi ryw dri mis yn ôl, i'r llythyrdy yn Aberystwyth, lle'r oedd hi'n mynd i alw amdano. Dyna'r cysylltiad ola a fu rhwng y ddwy, hyd y gwn i.'

'Tybed a gawn i gip ar stafell wely Lisa? Falle bod rhywbeth yno a allai fod o help inni. Ac os oes gynnoch chi lun o Meriel y cawn i ei fenthyg 'mi faswn yn ddiolchgar iawn. Fe'i cewch yn ôl yn ddiogel.'

'Cewch â chroeso,' meddai Ella. 'Mi a' i â chi i fyny rŵan ac yna mi chwilia i am lun o Meriel.'

'Diolch yn fawr,' meddai Non. 'Peth od na fydde'r meddyg wedi cyrraedd bellach.'

'Mi roedd o'n digwydd bod yn yr ysbyty pan ffoniais i,' meddai Ella. 'Fe addawodd ddod cyn gynted ag y gallai.'

'Ydach chi'n gwybod pwy oedd ffrindiau Lisa a Meriel?' gofynnodd Non.

'Roedd ffrindiau Lisa yn rhai tebyg iawn iddi hi, yn ferched neis i gyd, ond roedd gan Meriel gwpwl o rai od.'

'Ydych chi'n cofio enwau rhai ohonyn nhw?'

'Mae dwy flynedd bron ers hynny,' meddai Ella. 'Dyn a ŵyr ble gallen nhw fod erbyn hyn. Dwi'n cofio enwau dwy ohonyn nhw: Carys Huws a Llinos Morgan. A dwi'n cofio pan oedd Meriel yn y chweched dosbarth fe fu 'na stŵr enbyd ynghylch rhai o'r merched. Dwn i ddim beth yn hollol ddigwyddodd, ond mi wn fod Mr. Pughe wedi gorfod ymyrryd . . .'

'I ble'r aeth Meriel pan adawodd hi gartre?'

'Mi ymunodd â chriw o hipis rywle yn y mynyddoedd uwchben Pontarfynach.'

'Diolch ichi am eich help, Ella,' meddai Non. 'Falle y

bydde'n well i mi gael golwg ar stafell wely Lisa rŵan, rhag ofn i Mr. Pughe gyrraedd yn ôl.'

Roedd yr ystafell yr un mor foethus â gweddill y tŷ—y cypyrddau'n llawn o ddillad da a'r droriau yn y bwrdd gwisgo yn llawn o dlysau gwerthfawr. 'Brenin Mawr!' meddai Non wrth syllu arnynt. 'Os oedd hi'n brin o arian, pam yn y byd na fydde hi wedi gwerthu rhai o'r rhain?'

Er iddi chwilio'n fanwl, ni chafodd hyd i ddim byd o bwys nes iddi roi'i llaw ym mhoced siaced ledr a chanfod dyddiadur bychan. 'O'r diwedd!' meddai'n falch. Aeth i eistedd ar erchwyn y gwely i'w ddarllen, ond fe'i siomwyd yn arw. Doedd ynddo fawr ddim ar wahân i ambell nodyn ynghylch rhyw gyfarfod neu'i gilydd. Ond, ar waelod y dudalen ar gyfer wythnos gyntaf Hydref, daeth ar draws y geiriau: 'Swistir, hanner tymor. Teithio hefo Swiss Air. Edrych ymlaen am y newid.' Ac yna nodyn arall tua chanol y mis. 'Meriel—Peter?'

Od iawn, meddyliodd, a chopïodd y ddau gofnod i'w llyfr nodiadau'i hun cyn rhoi'r dyddiadur yn ôl yn y bwced. Pan ddychwelodd i'r cyntedd, roedd Mr. Pughe a'r meddyg yn dod i mewn i'r tŷ ac Ella'n sefyll gerllaw, ar bigau'r drain.

'Diolch ichi am aros,' meddai Pughe wrthi. 'Mae car yr heddlu'n disgwyl amdanoch.'

Teimlai Non yn union fel pe bai wedi cael ei hanfon allan o ystafell ddosbarth gan athrawes awdurdodol. Fel yr oedd yn mynd drwy'r drws, daeth Ella ati a rhoi llun yn ei llaw. 'Cadwch o!' sibrydodd.

Wedi iddi eistedd yn y car, edrychodd Non ar y llun a gwelodd eneth ifanc wirioneddol dlws gyda gwallt euraid fel ei chwaer, ond ei fod yn ymestyn bron at hanner ei chefn. Gwisgai wisg nos o liw efydd laes hyd at ei sodlau a bwysleisiai yn eglur ei chorff lluniaidd. 'Whiw!' chwibanodd Non. 'Dyma be 'di pishin!'

'Ydw i am gael ei gweld hi?' gofynnodd y gyrrwr. 'Nefi blŵ!' ebychodd. 'Mi awn ni â honna allan *unrhyw* noson!'

4

'Hyd y gwela i,' meddai Non wrth yr Inspector wedi iddi ddychwelyd i'r pencadlys, 'yn ôl pob tystiolaeth rydw i wedi'i glywed hyd yma mae'r dirgelwch yn dyfnhau . . . Pam trefnu gwyliau yn y Swistir os oedd hi mor isel fel na allai wynebu bywyd, a pham na fase wedi gwerthu rhai o'i thlysau os oedd hi mor ofnadwy o brin o arian? Mae'n anodd gwybod beth i'w wneud o'r nodyn ynghylch Meriel a Peter hefyd . . . os nad oedd hi wedi derbyn llythyr oddi wrth y naill neu'r llall y diwrnod arbennig hwnnw. Dyma'r llun o Meriel ges i gan y forwyn,' ychwanegodd, gan osod y llun ar y ddesg o'i flaen.

'Geneth hardd,' meddai'r Inspector. 'Fe ddylai rhywun gofio gweld hon yn rhywle.'

'Roedd hynna'n rhan o'i phroblem, medda Ella'r forwyn. Roedd hi'n denu dynion fel gwenyn at flodau.'

'Fe alla i gredu hynny,' cytunodd yr Inspector. 'Gorau po gynta i gopïau o hwn gael eu dosbarthu. Mi fydde'i chael hi gartre'n siŵr o fod yn gysur mawr i'w rhieni.'

'Be 'di'r cam nesa, syr?' gofynnodd Non. Roedd hi bron â chlemio o eisiau bwyd ac yn gobeithio y dywedai'r Inspector ei bod yn amser cinio. Ond fe'i siomwyd.

'Mynd i fyny i'r ysgol i gael gair â'r prifathro. Mi ges i air ag o ar y ffôn eisoes a threfnais inni fynd yno'n syth ar ôl cinio.'

'Cinio, syr,' ebe Non yn awchus. 'Mi fydde hwnnw'n dderbyniol iawn.'

'O, mae'n ddrwg gen i, Non,' ymddiheurodd ei phennaeth. 'Un o 'ngwendidau i pan fydda i wedi ymgolli mewn rhyw achos neu'i gilydd ydi tueddu i anghofio am fwyd. Mae'n ddrwg rhwng y wraig a minnau'n aml oherwydd hynny.'

'Rhaid i mi ofalu'ch bod chi'n bwyta felly, syr,' meddai Non, a gwên fach ddiniwed ar ei hwyneb. 'I lawr â ni i'r cantîn ar unwaith.'

*   *   *

'Rhaid i mi gydnabod, Inspector Rees,' meddai Mr. Francis, prifathro Ysgol Uwchradd Abermorlais, wrth ei groesawu ef a Non i'w swyddfa, 'bod y newydd trist am Lisa wedi'n syfrdanu ni i gyd yn yr ysgol. Mae'n anodd dygymod â'r ffaith ei bod hi wedi marw. Steddwch,' ychwanegodd 'Mae'i rhieni'n siŵr o fod mewn trallod mawr. Beth yn hollol ddigwyddodd, Inspector?'

'Wel, hyd y gallwn ni ddweud ar hyn o bryd,' atebodd Rees, 'fe gyflawnodd hunanladdiad drwy gymryd gorddos o gyffuriau. Dyw hynny ddim wedi'i gadarnhau gan y patholegydd hyd yma, ond fe adawodd Miss Pughe lythyr i'r perwyl hwnnw.'

'Beth rwy i'n methu'i ddirnad, Inspector,' meddai'r prifathro, 'yw sut roedd hi yng Nglandŵr o gwbl a hithau i fod yng Nghaeredin yn gofalu am ei chwaer, Meriel.'

'Gofalu am ei chwaer Meriel yng Nghaeredin, Mr. Francis?' meddai'r Inspector. 'Ond roedd ei rhieni'n dweud mai yno am dridiau yn dilyn cwrs roedd hi.'

'Dwn i ddim pam eu bod nhw'n meddwl hynny,' ebe Francis. 'Fe ffoniodd fi gartre yn hwyr nos Wener diwetha i ofyn a gâi hi ganiatâd i fod yn absennol o'r ysgol am ychydig ddyddiau am iddi gael llythyr o Gaeredin oddi wrth ei chwaer yn dweud ei bod hi'n wael ac angen help. Mi gytunais ar unwaith, wrth gwrs.'

'Wyddai'i rhieni ddim am hynny, Mr. Francis,' meddai Rees. 'Fore heddiw ddiwetha fe ddwedodd y fam wrth W.P.C. Davies nad oedden nhw ddim wedi clywed oddi wrth Meriel ers dwy flynedd ac nad oedd ganddyn nhw syniad yn y byd ble'r oedd hi . . . Mae 'na ryw ddirgelwch od ynglŷn â'r achos yma.'

'Peth arall sy'n anodd iawn ei dderbyn, Inspector,' meddai Francis, 'ydi bod Lisa'n ymhél â chyffuriau. Mi ddylwn i wybod a minnau'n ei gweld bob dydd o'r wythnos. Fe alla i'ch sicrhau fod awgrymu'r fath beth yn chwerthinllyd.'

'Ac mi alla innau'ch sicrhau na fydden ni'n gwneud honiad o'r fath oni bai fod gennym dystiolaeth ddigonol,' ebe'r Inspector yn bendant.

'Maddeuwch i mi, Inspector,' ymddiheurodd y prifathro. 'Doeddwn i ddim yn amau hynny o gwbl. Methu deall rydw i . . .'

'Boed felly, Mr. Francis. Fe erys y ffaith fod Lisa—yng nghwmni gŵr o Fanceinion, nad ydym hyd yma wedi llwyddo i ddod i gysylltiad ag ef—wedi hurio carafán yng Nglandŵr, ac yno y canfuwyd ei chorff fore heddiw.'

'Bobol bach!' meddai'r prifathro, mewn syndod. 'Mae'r peth fel hunlle. Dwn i ddim beth i'w ddweud.

Dim ond gofyn a oes unrhyw beth y galla i, neu unrhyw aelod o'r staff, ei wneud i'ch cynorthwyo?'

'Dyma gopi o'r llythyr a adawodd Lisa, Mr. Francis,' meddai Rees. 'Falle y gellwch chi gadarnhau mai'i llofnod hi sydd ar y gwaelod.'

Cymerodd y prifathro'r llythyr ac astudiodd y llofnod yn fanwl cyn ei ddychwelyd i'r Inspector. 'Dyna un o'r llythyrau rhyfeddaf a ddarllenais i 'rioed,' meddai. 'Dwi'n credu mai llofnod Lisa sydd arno fo . . . mi wna i'n hollol sicr o hynny rŵan,' ychwanegodd, gan godi'r ffôn a gofyn i'w ysgrifenyddes ddod â ffeiliau dosbarth pump iddo. 'Mae'i llofnod yn siŵr o fod ar adroddiadau plant ei dosbarth,' meddai.

Cymharodd yr Inspector y llofnod ar y llythyr â'r llofnod ar yr adroddiadau, a dod i'r casgliad—hyd y gallai farnu—ei fod yn un dilys.

'Os ca i fenthyg rhai o'r rhain, fe all fy adran fforensig eu hastudio'n fanylach a chadarnhau ai llofnod Lisa ydi hwn ai peidio,' meddai.

'Â chroeso, Inspector,' cytunodd y prifathro ar unwaith, gan ychwanegu, 'Sgwn i a gawn i olwg arall ar y llythyr, os gwelwch yn dda? Mae rhywbeth yn ei gylch yn fy anesmwytho.'

Fe'i darllenodd drachefn yn ofalus a'i ddychwelyd i'r Inspector.

'Mae rhywbeth od ynglŷn â'r llythyr 'ma, Inspector,' meddai. 'Nid yn gymaint y cynnwys—er mor od yw hwnnw—ond yr iaith . . .'

Nodiodd Non yn araf. Roedd y prifathro wedi taro ar yr union beth oedd wedi bod yn ei phoeni hi. 'Syr,' meddai, 'mi ddwedodd mam Lisa fod ei merch wedi graddio yn y Gymraeg ond, yn fy marn i, ni fydde'r un

45

athrawes raddedig yn y Gymraeg wedi sgrifennu'r llythyr yna.'

'Ddim hyd yn oed â chaniatáu'i bod o dan ddylanwad cyffuriau ar y pryd?' gofynnodd yr Inspector.

'Dwi'n amau'n fawr a fydde Lisa wedi gwneud y camgymeriadau elfennol sy yn y llythyr yna, Inspector—dan unrhyw amgylchiadau,' meddai'r prifathro.

'Dyna gymhlethu'r sefyllfa fwy fyth,' meddai'r Inspector. 'Does dim amdani felly, ond parhau â'n hymchwiliadau. Falle y gallai rhai o'i ffrindiau yn yr ysgol ein helpu, Mr. Francis. Wyddoch chi â phwy'r oedd hi'n fwyaf cyfeillgar?'

'Mewn ysgol fawr fel hon, Inspector Rees,' atebodd y prifathro, 'dyw'r pennaeth ddim bob amser yn gwybod pa aelodau o'i staff sy'n gyfeillgar â'i gilydd ond rwy'n siŵr y gall Miss Breeze, fy nirprwy brifathrawes, eich helpu. Hi sy'n gofalu am y merched. Hoffech chi gael gair â hi?'

'Mi faswn yn ddiolchgar iawn pe câi W.P.C. Davies gyfle i siarad â hi,' atebodd Rees.

'Â chroeso,' meddai'r prifathro, 'fe drefna i hynny'n awr. Esgusodwch fi am funud.'

'Wel, Non,' meddai'r Inspector, ar ôl iddo fynd, 'be 'di'ch ymateb chi erbyn hyn?'

'Rwy'n dod i'r casgliad erbyn hyn nad achos o hunanladdiad ydi hwn . . . mae 'na gymaint o bethau od yn dod i'r wyneb.'

'Rwy'n tueddu i gytuno â chi,' meddai'i phennaeth, 'ac yn 'y marn i, nid achos o farwolaeth drwy ddamwain ydi o 'chwaith. Mae'r cyffuriau a'r bag plastig yn rhy amlwg rywsut. Rhaid inni aros am ganlyniadau post mortem Doctor Morgan a gwaith yr adran fforensig, wrth gwrs, ond yn bersonol rwy'n credu mai achos o lofruddiaeth sy 'ma . . . Ond, os felly, fe all y llofrudd fod wedi gwneud un camgymeriad sylfaenol trwy deipio'r llythyr 'na.'

'A be am y llofnod, syr?' gofynnodd Non.

'Amser a ddengys . . .' ebe yntau.

*   *   *

Roedd Non yn dilyn yr ysgrifenyddes i gyfeiriad ystafell y ddirprwy brifathrawes pan ganodd y gloch i derfynu'r gwersi am y dydd, a bu bron i'r ddwy gael eu hysgubo ymaith gan don gref o ddisgyblion yn byrlymu allan o'r gwahanol ystafelloedd. Llwyddasant, o'r diwedd, i gyrraedd yr ystafell yn ddianaf.

'Miss Breeze,' meddai'r ysgrifenyddes, 'dyma W.P.C. Davies o heddlu Abermorlais.'

'Pnawn da,' meddai Miss Breeze. 'Steddwch.' Tystiai cochni'i llygaid iddi fod yn crio, a phan welodd Non fe ailddechreuodd y dagrau.

Rhoddodd hithau amser iddi i'w hadfeddiannu'i hun.

'Maddeuwch i mi . . . ' ymddiheurodd yr athrawes yn y man, 'ond mae'r newydd am farwolaeth Miss Pughe wedi bod yn gryn dipyn o sioc a siom inni i gyd yn yr ysgol. Dydyn ni ddim wedi cael amser i ddygymod â'r digwyddiad eto.'

'Popeth yn iawn,' meddai Non, 'mae'n ddrwg gen i orfod eich poeni ar adeg fel hyn—a hithau'n amser mynd adre hefyd—ond os gellwch ein helpu, mi fyddwn yn ddiolchgar iawn.'

'Sut?' gofynnodd Miss Breeze.

'Yr hyn yr hoffen ni'i wneud nesa fydde holi'i ffrindiau agosa er mwyn ceisio darganfod y rheswm am y trychineb . . . Wyddoch chi pwy oedd ei ffrindiau hi, Miss Breeze?'

Pendronodd yr athrawes am ychydig cyn ateb. 'Wel,' meddai yn y man, 'doedd gan Lisa ddim mwy na mwy o ffrindiau gwir agos. Roedd hi'n hoffus iawn, ond roedd 'na rywbeth yn swil ynddi hi. Rwy'n credu mai'r ddau allai helpu fwyaf arnoch chi fydde Lena Evans, yr athrawes daearyddiaeth, a Peter Darlington, yr athro celf a chrefft. Ond rwy'n ofni y byddan nhw wedi mynd adre bellach.'

'A ellwch chi roi'u cyfeiriadau imi, os gwelwch yn dda?'

'Wrth gwrs,' atebodd hithau. 'Ydych chi am fynd i'w cartrefi?'

'Falle y bydde llawn cystal inni wneud hynny, Miss Breeze, yn hytrach na gorfod eu holi yn yr ysgol. Mae 'na un peth arall. Tybed a allech chi roi rhywfaint o wybodaeth i mi am Meriel, chwaer Lisa Pughe?'

'Be dach chi eisio'i wybod?' holodd yr athrawes.

'Wel,' eglurodd Non, 'yn ôl y prifathro, gofynnodd Lisa Pughe am ganiatâd i fod yn absennol o'r ysgol i fynd i Gaeredin gan fod ei chwaer yn sâl. Mae'n amlwg nad oedd hynny'n wir . . .'

'Wn i ddim am hynny, mae arna i ofn,' meddai Miss Breeze. 'Mae'n anodd cymharu'r ddwy chwaer,' ychwanegodd yn fyfyrgar. 'Roedden nhw mor wahanol i'w gilydd— Lisa'n dawel ac yn annwyl . . . Meriel wedyn, yn wyllt ac mewn rhyw drafferth byth a beunydd. Oni bai am ymyrraeth ei thad, mae'n bur debyg y base hi wedi cael ei diarddel o'r ysgol fwy nag unwaith.'

'Pa fath o drafferthion, felly?'

'Roedd ei dylanwad ar ferched y chweched dosbarth yn

ei chyfnod yn un anffodus iawn, ac yn y cyfnod hwnnw diarddelwyd dwy o'r genethod am ymhél â chyffuriau.'

'Oedd a wnelo Meriel â hynny?'

'Fe fethwyd â phrofi dim ar y pryd, er ein bod yn amau'n gryf.'

'Oedd 'na athro—neu athrawon—yn gysylltiedig â'r helynt?'

'O, *na,*' atebodd y ddirprwy brifathrawes yn bendant. 'Doedd dim awgrym o fath yn y byd am *hynny,* diolch byth.'

'Ac mae pethau wedi tawelu ers hynny?'

'Ydyn, hyd y gwyddon ni.'

'A fydde hi'n bosib inni gael enwau'r merched a ddiarddelwyd?'

'Rwy'n ofni y bydd raid ichi ofyn i'r prifathro am hynny.'

'O'r gorau, Miss Breeze,' meddai Non, gan sylweddoli'i bod wedi sugno hynny o wybodaeth a allai oddi wrth yr athrawes, am y tro. 'Diolch yn fawr am eich cymorth,' meddai. 'Mae'n wir ddrwg gennyf orfod holi cymaint arnoch ar adeg mor anodd.'

'Wel, Non,' meddai Inspector Rees ar y ffordd yn ôl i'r pencadlys, 'gawsoch chi ryw wybodaeth o bwys gan y ddirprwy brifathrawes?'

Adroddodd hithau hanes y cyfweliad.

'Mae'r hanes am ddiarddeliad y ddwy ferch 'na yn siŵr o fod ar ffeiliau'r adran gyffuriau,' meddai'r Inspector. 'Ac fe ges i enwau'r ddwy gan y prifathro cyn gadael rŵan—Elan Turner a Cynthia Jenkins.'

'Elan Turner?' meddai Non. 'Ydi hi'n ferch i oruchwyliwr maes carafanau'r Hebog, tybed?'

'Mae'n dipyn o gyd-ddigwyddiad os ydi hi,' meddai Rees. 'Yr un mor od â'r ffaith mai Peter Darlington oedd un o ffrindiau Lisa Pughe.'

'Meriel a Peter, y ddau enw oedd yn nyddiadur Lisa,' meddai Non. 'Falle bod mwy i'r brawd nag a wyddai Miss Breeze.'

'Fe gawn weld pan gawn ni gyfle i'w holi,' meddai Rees. 'Be ydi'i gyfeiriad o?'

'4, Clôs Hafren,' atebodd Non. 'Gwynfa, Ffordd Neifion ydi cyfeiriad yr athrawes . . . Ydyn ni am alw ar Darlington heno?' gofynnodd.

Oedodd Rees cyn ateb. 'Na,' meddai yn y man. 'Rwy'n credu mai gadael iddo fod sydd orau ar hyn o bryd, nes byddwn ni wedi cael mwy o wybodaeth am farwolaeth Lisa. Fe ddylai adroddiad Doctor Morgan fod yn y swyddfa erbyn hyn. Os oes unrhyw gysylltiad rhwng yr athro a'r achos yma, falle y bydde cystal inni fod a rhywbeth o dan ein dwylo cyn ymweld ag o. Fe ellwch chi alw ar yr athrawes heno wedi 'ngollwng i, ac mi ga i adroddiad gynnoch chi yn y bore.'

Siomwyd yr Inspector pan gyrhaeddodd ei swyddfa a deall nad oedd adroddiad y trengholiad wedi cyrraedd. Rhoes ganiad i'r patholegydd a chael addewid y byddai'r adroddiad ar ei ddesg ben bore trannoeth. Ac yna, wedi cael gair sydyn â'r Prif Gwnstabl ynglŷn â'r achos, penderfynodd fynd adre'n gynnar am unwaith.

5

Pan gyrhaeddodd Non swyddfa'r Inspector yn y bore i adrodd hanes ei hymweliad â Lena Evans, roedd o wrthi'n darllen adroddiad y patholegydd. Amneidiodd arni i eistedd i lawr, heb godi'i ben nac yngan yr un gair. Cododd Sarjant Price ei aeliau'n ymholgar ar Non pan ddaeth o i mewn rai munudau'n ddiweddarach, a chael yr un derbyniad yn union.

O'r diwedd, gosododd yr Inspector yr adroddiad i lawr yn ofalus ar y ddesg o'i flaen. 'Fe gymera i'ch adroddiadau chi'n gynta,' meddai, 'cyn inni drafod yr adroddiad yma. Non?'

'Wel, syr,' atebodd hithau, 'does gen i fawr o adroddiad, a dweud y gwir. Dydw i fawr elwach ar ôl fy sgwrs â Lena. ''O, roedden ni'n ffrindiau, cofiwch, ond . . .'' ac yn y blaen. Fe ges i'r argraff nad oedd hi am ymwneud rhyw lawer â'r ymchwiliad, os gallai beidio.'

'Rhywbeth i'w gelu?' gofynnodd Rees.

'Na, dydw i ddim yn credu,' atebodd Non, 'ond doedd hi ddim yn ymddangos yn awyddus i gael ei thynnu i mewn. Mae 'na ddigon o rai tebyg iddi.'

'O'r gorau,' meddai'i phennaeth. 'Be amdanoch chi, Price?'

'Adroddiad byr sgen innau hefyd, syr,' atebodd yntau. 'Hyd yma, dydi'r adran fforensig ddim wedi canfod unrhyw beth o bwys yn y garafán nac yn y dillad a adawyd yno. Mae ôl bysedd Lisa fan hyn a fan draw a rhyw un neu ddau o rai diarth a allai fod yn perthyn i unrhyw un a fu yn y garafán yn weddol ddiweddar. Does dim llwchyn o gyffur yn unman. Fe dybiwn i fod hynny'n awgrymu mai peth od iawn oedd i Lisa Pugh ddefnyddio cyffur, o bob peth, i'w lladd ei hun.'

'Falle hynny,' meddai'r Inspector yn swta. 'Amser a ddengys. Nawr fe drown ni at adroddiad y patholegydd. Dyw pethau ddim mor syml ag yr oedden ni'n tybio ar y cychwyn. Roedden ni wedi amau hynny, wrth gwrs, yn dilyn ein hymholiadau ddoe ac mae adroddiad Doctor Morgan yn cadarnhau hynny heddiw. Mae'n amlwg fod rhywun yn tybio'i fod yn ddigon cyfrwys i dwyllo'r path-olegydd—ond doedd o ddim yn nabod Doctor Morgan. Fel y gwyddon ni o brofiad, does fawr ddim yn osgoi'i lygad barcud o. Llofruddiaeth sydd yma ac nid hunanladdiad.'

'Wel, wel,' meddai Non wrthi'i hun, 'fel ro'n i'n ofni. Lisa druan!'

'Be'n hollol sy gan Doctor Morgan i'w ddweud, syr?' gofynnodd Sarjant Price.

'Mae'r arbrofion gwaed ac ewinedd yn cadarnhau—yn groes i dystiolaeth y llythyr—nad oedd Lisa yn gaeth i gyffuriau. Mae lliw'i chroen yn rhy iach ac ae nifer o arwyddion meddygol eraill sy'n tystio'n bendant nad oedd yn gaeth i heroin, er mai'r cyffur hwnnw fu'n gyfrifol am ei lladd. Ar wahân i hynny,' ychwanegodd y pennaeth, 'mae 'na amheuaeth cry iawn nad y hi a sgrifennodd y llythyr. Nid o fwriad, beth bynnag.'

'Ond be am y llofnod?' holodd Non.

'Mae'n debyg fod y llofnod yn un dilys,' atebodd. 'Y broblem fydd canfod sut y llwyddodd y llofrudd i'w pherswadio i lofnodi'r llythyr.'

'Felly, mae gynnon ni achos o lofruddiaeth ar ein dwylo, syr,' meddai'r sarjant.

'Oes, Sarjant,' atebodd Rees. 'Dydw i ddim yn siŵr eto pwy fydd yn arolygu'r ymchwiliad, hyd nes y ca i air â'r Prif Gwnstabl. Fel y gwyddoch, mae'r Prif Arolygydd James gartre'n sâl ar hyn o bryd . . . Fe gawn weld. Ydi Inspector Mitford i mewn, wyddoch chi?'

'Mae o ar gwrs yng Nghas-gwent am fis, syr,' atebodd Price.

'Damio!' ebychodd yr Inspector. 'Do'n i'n cofio dim am hynny . . . O'r gorau, Price, a fyddwch chi cystal â threfnu stafell ymgynghori ac yn y blaen, tra bydda i'n cael gair â'r Prif Gwnstabl. Non, arhoswch chi yma hefo Sarjant Price, nes y do i'n fy ôl.'

'Reit, syr,' cytunodd Non. 'Pwy sy'n mynd i ddeud wrth deulu Lisa am y datblygiad diweddara 'ma?'

'Mi ga i air â'r Prif Gwnstabl ynghylch hynny. Gan ei fod o a Pughe yn gymaint o gyfeillion, falle y bydd o'n barod i wneud. Fe gawn weld.'

*   *   *

Pan gyrhaeddodd Inspector Rees gartref y Prif Gwnstabl, agorwyd y drws iddo gan Ann y ferch— gwraig weddw tua phymtheg ar hugain oed a gadwai dŷ i'w thad, oedd hefyd yn weddw.

'Bore da, Ann. Ydi'ch tad gartre?'

'Bore da, Inspector. Dowch i mewn,' atebodd hithau â gwên. 'Dyw pethau ddim yn rhy dda 'ma,' ychwanegodd yn ddistaw. 'Mae o fel llew cloff mewn crats!'

'O,' meddai Rees, 'be sy'n bod? Dim byd rydw i wedi'i wneud, gobeithio!'

'O na,' meddai Ann. 'Mi drodd ei droed pan oedd o'n chwarae golff yn hwyr pnawn ddoe ac mae o'n sownd yn ei gadair ac yn bygwth pawb. Dowch drwodd,' ac arweiniodd Rees i mewn i lolfa gyfforddus. 'Dad,' meddai, 'mae gynnoch chi ymwelydd—Inspector Rees.'

'Bore da, syr,' meddai'r Inspector. 'Mae'n ddrwg gen i am eich anap.'

'Bore da, Rees,' ebychodd y Prif Gwnstabl. 'Damio'r tyllau cwningod 'ma! Steddwch! Dydych chi ddim wedi galw i holi ar gownt fy iechyd, reit siŵr. Ann,' meddai wrth ei ferch, 'tyrd â phaned o goffi inni'n dau.'

'Reit, syr,' meddai Ann â gwên. 'Yn y funud.'

Gwyliodd yr Inspector hi'n mynd—gwraig osgeiddig, hardd, ei gwallt du'n glòs am ei hwyneb crwn, tywyll.

'Mi rydych chi'n ffodus iawn o gwmni Ann,' meddai wrth ei bennaeth, mewn ymgais i liniaru peth ar ei flinder.

'Ydw,' cytunodd yntau. 'Mi fu'i phrofedigaeth hi'n ennill mawr i mi pan gollais y wraig. Hoffwn i mo'i gweld yn fy ngadael i, bellach . . . Ond rwy'n siŵr na ddaethoch chi ddim yma i ganmol rhinweddau Ann, Rees,' meddai'r Prif Gwnstabl.

'Digon gwir, syr,' cytunodd yntau. 'Rydw i yma ar fater tipyn mwy difrifol a thrychinebus.'

'Hunanladdiad Lisa Pughe?' meddai'r Prif Gwnstabl.

'Llofruddiaeth, nid hunanladdiad, syr,' meddai'r Inspector.

'Llofruddiaeth, Inspector? Nefoedd fawr! Pryd cawsoch chi wybod hynny?'

'Mae adroddiad Doctor Morgan wedi'r P.M., syr, yn gwrthod y syniad o hunanladdiad.'

'Duw a helpo Cenwyn druan a'i wraig,' meddai

Hartwell Jones. 'Mi fydd hyn yn ddigon i sigo'r ddau. Ydyn nhw'n gwybod?'

'Nac ydyn, syr,' meddai Rees. 'Roeddwn i'n gobeithio y basech chi, fel cyfaill personol, yn cytuno i dorri'r newydd iddyn nhw.'

'Gwnaf, wrth gwrs. Fy mhroblem i rŵan ydi'r droed felltith 'ma . . . ond peidiwch â phoeni am hynny. Mi ofala i y cân nhw wybod . . .'

'Mae 'na un broblem arall, syr,' meddai'r Inspector.

'O! A be 'di honno?'

'Pwy sydd i arolygu'r archwiliad? Fel y gwyddoch chi, mae'r Prif Arolygydd James gartre'n sâl ar hyn o bryd ond falle y daw o'n ôl . . .'

'Na,' meddai'r Prif Gwnstabl ar ei draws, 'mae hynny'n amhosib. Mae'i gyflwr yn waeth nag yr oedden ni wedi'i ofni ar y dechrau a go brin y bydd o'n ôl am wythnosau, os o gwbl.'

'O, mae'n ddrwg gen i glywed hynny, syr,' meddai Rees. 'Ydach chi am alw ar rywun o'r pencadlys, felly?'

'Dydw i ddim yn gweld fod angen hynny ar hyn o bryd, Rees. Mi wyddoch chi'r cefndir cystal â neb. Sut ydych chi'n teimlo ynglŷn â'r peth?'

'Mae'n rhaid imi gyfadde yr hoffwn i dderbyn yr her o geisio dal y person cyfrwys sy'n gyfrifol am y llofruddiaeth yma, a'i ddwyn o flaen ei well.'

'O'r gorau,' cytunodd y Prif Gwnstabl. 'Mae'r archwiliad yn eich dwylo chi'n gyfan gwbl—a phob lwc ar y gwaith. Peidiwch â bod yn ôl o ofyn am gymorth.'

Ar hynny, daeth Ann i mewn yn cario coffi i'r ddau a phan welodd yr olwg ddifrifol oedd arnynt ni allai beidio â dweud, 'Mi rydach chi'n edrych yn sobor iawn. Be sy'n bod?'

Pan eglurodd ei thad y rheswm dros ymweliad yr Inspector, bu bron iddi â gollwng yr hambwrdd. 'O na!' llefodd. 'Pam Lisa, o bawb!' Gwridodd hyd at ei chlustiau a throdd ar ei sawdl a'u gadael yn frysiog.

'Mae Ann yn dipyn o ffrindiau â'r teulu, fel finnau,' meddai'i thad. 'Mi fydd y newydd 'ma'n gryn ergyd iddi. Gobeithio'r nefoedd y llwyddwch chi i ddal pwy bynnag sy'n gyfrifol.'

'Fe wnawn ni'n gorau, syr,' addawodd Rees.

'Rees,' meddai'r Prif Gwnstabl, 'mi wyddoch, heb i mi orfanylu, am y cyfeillgarwch sy rhwng Cenwyn Pughe a minnau; mae o'n dyddio o'r cyfnod pan oedden ni yn y fyddin gyda'n gilydd. Mi faswn i'n ddiolchgar iawn pe baech yn gwneud eich gorau i arbed y teulu rhag gormod o gyhoeddusrwydd—cyhyd ag y mae'n bosib, wrth gwrs.'

'Mi wna i 'ngorau i gadw pethau mor dawel ag sy'n bosib, syr,' meddai Rees.

Ann a agorodd y drws iddo fynd allan ac roedd yn amlwg ei bod wedi bod yn wylo. Rhoes ei llaw ar ei fraich, a chyda rhyw wylltineb anarferol yn ei llais, meddai: 'Pwy bynnag sy'n gyfrifol am ladd Lisa, Inspector, daliwch y cythral!'

*   *   *

'Rhaid inni dynnu'r gwinedd allan o'r blew i ddatrys y llofruddiaeth yma,' meddai'r Inspector yn ei anerchiad i'r aelodau hynny o'r C.I.D. a alwyd ynghyd i'r ystafell ymgynghori. 'Mae'n ymddangos fod cyffuriau â rhan go bwysig yn yr achos ac, os felly, rwyf am i'r rhai sy ynghlwm wrth y fasnach felltith gael eu dal, yn ogystal â'r llofrudd. Rhaid inni geisio cwblhau'r achos mor gyflym ag sy'n bosib, a gwneud ein gorau i osgoi holl gyhoeddusrwydd papurau lliwgar Lloegr. Y dasg gyntaf, bwysicaf ydi canfod y gŵr a huriodd y garafán ym maes carafanau Hebog; mae 'na ddisgrifiad manwl wedi'i ddyblygu ac ar gael gan Sarjant Price. Falle'i fod wedi teithio i'r maes mewn tacsi o'r dre—dyna ichi fan cychwyn, p'run bynnag.

'Sarjant Price fydd yng ngofal y stafell ymgynghori ac fe fydd W.P.C. Davies—Non—yn gweithredu fel dolen gyswllt rhyngoch chi a mi. Does neb i gysylltu â'r gohebwyr na'r cyfryngau torfol ac eithrio'r sarjant a minnau. Mae gan bencadlys Abermorlais enw da am ddatrys problemau. Rwyf am inni gadw'r enw da hwnnw, a hynny, os yn bosib, heb gymorth o'r tu allan. Pob hwyl.'

* * *

'Wel, sarjant,' meddai Non ar derfyn y cyfarfod, 'mae'n edrych yn debyg y bydd raid inni godi cyn cŵn Caer i ddod i ben â'r achos yma . . .'

'Mae'n debyg fod Hartwell Jones wedi bod yn tynnu blewyn o drwyn y bòs. Mae Pughe a'r chief yn hen fêts . . . Wel, cystal inni fynd i'r afael â'r gwaith, debyg. Ym mhle y deudaist ti'r oedd Meriel yn casglu'r parsel 'na a bostiodd Ella?'

'Yn swyddfa bost Aberystwyth . . . Sgwn i beth yn union ydi cysylltiad Meriel â'r holl fusnes cyffuriau 'ma?'

'Mi wn i am un a fedrai'n cynorthwyo i ddod o hyd iddi, pe bai'n barod i'n helpu.'

'Pwy felly?'

'Mae o'n rhedeg busnes ymchwil breifat yn y dre.'

'O, Stephens!' meddai Non. 'Ydych chi'n amau na fydde'n barod i'n helpu?'

'Mae'n bosib. Mae'n hen stori. Mi fu'n aelod o'r heddlu yma yn Abermorlais ar un adeg, ac fe'i gorfodwyd i gymryd ymddeoliad cynnar. Awn ni ddim ar ôl yr hanes rŵan.'

'Does gynno fo ddim enw rhy dda yn y dre 'chwaith,' meddai Non. 'Tueddu i roi'i drwyn yn rhy ddwfn yn achos pawb, meddan nhw.'

'Dyna ydi'i fusnes o, mae'n debyg,' meddai Price. 'Sut bynnag am hynny, mi ro i ganiad iddo ar y ffôn i gael gweld.'

'Sarjant Price?' meddai Stephens, wedi i'w ysgrifenyddes ddweud wrtho pwy oedd yn galw. 'Dyn diarth! Be sy'n eich poeni chi?'

'Mr. Stephens,' meddai'n dawel. 'Mi wn eich bod yn brysur ond tybed a ellwch chi roi help llaw inni?'

'Be sy'n eich poeni? Y Prif Gwnstabl wedi cael strôc ac am i mi gymryd ei swydd?'

'O ddifri, Mr. Stephens. Rydyn ni'n chwilio am ferch sy wedi gadael cartre a heb gysylltu â'i theulu ers tro.'

'Mae cannoedd yn gwneud hynny bob blwyddyn. Be sy'n anarferol ynglŷn â hon?'

'Merch o'r dre 'ma ydi hi ac fe gafwyd ei chwaer yn farw ddoe.'

'O!' meddai Stephens. 'Merch arglwydd y fan—ac mae arno fo eisio Meriel fach gartre, ydi o? Mae o wedi cael ergyd go drom, yn dydi? Na! Wna i ddim ymdrech i helpu'r hen gythral dauwynebog! Da bo chi, Price.'

''Rhoswch eiliad,' galwodd y sarjant, cyn i'r cysylltiad gael ei dorri. 'Mi ddylai unrhyw dditectif gwerth ei halen fod yn barod i helpu mewn achos o lofruddiaeth.'

Nid atebodd Stephens ar unwaith. 'Llofruddiaeth?' meddai ymhen rhai eiliadau, a'r ysgafnder yn ei lais wedi diflannu. 'Ond roeddwn i wedi deall mai cyflawni hunanladdiad a wnaeth Lisa.'

'Roedd y llofrudd yn bwriadu inni gredu hynny,' atebodd Price. 'Ond fe gaiff ei siomi.'

'Boed felly,' meddai Stephens, 'nid fy ngwaith i ydi datrys problemau heddlu Abermorlais, llai fyth rai Cenwyn Pughe.'

A rhoddodd y ffôn i lawr.

'Be mae'r hen Genwyn wedi'i wneud iddo fo, sgwn i?' meddai'r sarjant wrtho'i hun.

*   *   *

Yn union wedi iddo derfynu'r sgwrs â'r sarjant galwodd Stephens ei ysgrifenyddes ato: 'Susan,' meddai, 'gohiriwch bob cyfweliad sy gen i heddiw. Fydda i ddim ar gael am weddill y dydd.'

Yna cododd y ffôn a deialu rhif Llys Myfyr. Cenwyn Pughe ei hun a atebodd.

'Mi wyddost pwy sy'n siarad, Pughe,' meddai Stephens. 'Rhaid inni gyfarfod ar unwaith.'

'Mae hynny'n amhosib,' meddai Pughe. 'Dwyt ti ddim wedi clywed am Lisa? Sut medri di ddisgwyl imi adael Frances rŵan, o bob adeg?'

'Dy broblem di 'di honno,' meddai Stephens. 'Wela i di wrth y goeden yng nghefn maes parcio'r Hwyaden Wyllt o fewn hanner awr.'

59

'Fedra i ddim a ddo' i ddim 'chwaith,' protestiodd Pughe. 'Mae 'ma bobol yn galw'n ddi-baid a fedra i ddim gadael Frances i'w hwynebu nhw ar ei phen ei hun.'

'Mi rwyt ti wedi'i gadael cyn hyn,' meddai Stephens yn sarrug.

'Dwyt ti ddim yn deall!' dadleuodd Pughe. 'Mae Lisa wedi cyflawni hunanladdiad ac mae'n rhaid i mi fod hefo Frances. . .'

'Nid dyna mae'r heddlu'n 'i gredu,' ebe Stephens.

'Be wyt ti'n feddwl?' gofynnodd Pughe, â braw yn lliwio'i lais. 'Be arall all o fod?'

'Bydd wrth y goeden ymhen hanner awr ac fe gei di wybod. Gofala dy fod ti yno, neu . . .'

Torrwyd y cysylltiad.

'Damio chdi'r cythral caled!' meddai Pughe o dan ei wynt a bwrw'r derbynnydd yn ôl i'w le.

Bu Stephens yn eistedd yn ei gar am bron dri chwarter awr cyn iddo weld car Cenwyn Pughe yn troi i mewn heibio i'r dafarn ac yn gyrru tuag ato.

'Lle ddiawl rwyt ti wedi bod?' holodd yn flin.

'Mi rwyt ti'n lwcus 'mod i yma o gwbl,' meddai Pughe, yr un mor flin ag yntau. 'Doedd dim posib imi ddod ynghynt, ac mi fu'n rhaid imi ddweud celwydd wrth Frances i fedru dod o gwbl.'

'Dyw *hynny* ddim yn brofiad newydd iti.'

'Be oeddet ti'n ei awgrymu pan ddwedaist ti ar y ffôn nad yw'r heddlu'n credu fod Lisa wedi cyflawni hunan-laddiad?'

'Maen nhw'n trin yr achos fel un o lofruddiaeth.'

Ciliodd pob gronyn o liw o ruddiau Pughe.

60

'O Dduw mawr, na!' meddai'n drist. 'Dydi o ddim yn bosib. Be wnaeth Lisa i neb?'

'Mae'n rhy ddiweddar iti boeni am hynny rŵan,' meddai Stephens yn gwta.

'Mae 'na rywbeth cythreulig o ddidostur ynot ti,' cwynodd Pughe. 'Sut faset *ti'n* teimlo, tybed, pe bai'r un peth yn digwydd i ti?'

'Gwranda, Pughe,' meddai Stephens yn filain, 'wyt ti wedi anghofio 'mod i wedi colli 'ngwraig a'm merch, ac mai ti oedd yn gyfrifol am hynny? Ac nid dyna'r unig golled a ges i 'chwaith. Wyt ti'n synnu 'mod i'n chwerw?'

Brathodd ei eiriau'n ddwfn i gydwybod Pughe. Gwyddai'n dda pa mor wir oedd y geiriau. Fflachiodd i'w gof y munudau o garu awchus a fwynhaodd ym mreichiau parod Stella, gwraig Stephens, oedd wedi hen flino ar fod ar ei phen ei hun tra oedd ei gŵr yn gweithio ddydd a nos. Ar y pryd, roedd gwres derbyniol Stella mor wahanol i oerni digroeso'i wraig ei hun. Ac nid cwmni Stella'n unig a fwynhaodd 'chwaith. Roedd merch Stephens mor ddeniadol a pharod â'i wraig, nes i bethau fynd o chwith ac i Stephens ddod i wybod am y berthynas ddirgel. Do, fe gostiodd yn ddrud iddo i osgoi cael ei enwi mewn achos o ysgariad a bu'n rhaid iddo dalu dros y ferch, yn ogystal. Ond sylweddolai Pughe mai arian cydwybod a gostiodd yr helynt iddo ef, ond i Stephens golli nid yn unig ei wraig a'i ferch ond ei swydd yn yr heddlu hefyd, oherwydd ei ymddygiad wedi i'r teulu chwalu . . . a doedd maddeuant ddim yng ngwead ei natur.

'Fedra i ddim diodde llawer mwy o'r straen yma,' protestiodd. 'Pryd wyt ti'n mynd i roi terfyn ar ddial?'

'Pan fydda i wedi cwblhau fy mwriadau,' meddai Stephens. 'Wedyn mi 'sgydwa i lwch y wlad 'ma oddi ar fy sodlau am byth ac mi gei wneud fel y mynnot wedyn . . . hefo Ann, merch y Prif Gwnstabl, neu unrhyw ferch arall fydd yn ddigon dwl i feddwl dy fod ti'n werth y drafferth.'

'Dydw i'n gwneud dim ag Ann,' protestiodd Pughe yn egwan, 'mi . . .'

'Paid â thrafferthu gwadu, yr hen darw iti,' meddai Stephens ar ei draws. 'Mi fedra i nodi'r fan a'r lle'r ydych chi'n cyfarfod, os mynni di. A be ddywedai dy ffrind penna, sgwn i, pe bai'n gwybod dy fod ti'n arwain ei ferch ar gyfeiliorn?'

Roedd y ffaith fod Stephens yn gwybod am y garwriaeth ddirgel oedd rhyngddo ef ac Ann wedi syfrdanu Pughe ac ni wyddai yn y byd beth i'w ddweud. 'Pam roeddet ti am fy ngweld i rŵan?' holodd yn dawel.

'Mae'r heddlu'n dechrau sniffian wrth gwt Meriel ac mae hynny'n peryglu 'nghynlluniau i. A dydw i ddim am i hynny ddigwydd, dallta,' ychwanegodd a'i lais yn caledu. 'Mae popeth bron wedi'i gwblhau.'

'Ond be wyt ti'n ddisgwyl i mi 'i wneud?' Bu Pughe yn dawel am rai eiliadau, ac yna troes at Stephens yn wyllt. 'Dduw mawr!' meddai. 'Nid ti lofruddiodd Lisa?'

Chwarddodd Stephens yn gras. 'Dyna iti un peth na fedri di na neb arall ei brofi fyth. Be sy'n bwysig rŵan ydi i ti wneud yn siŵr na fyddi di'n colli Meriel hefyd.'

'Pe bawn i'n meddwl mai ti . . .'

'Paid â meddwl dim, Pughe,' meddai Stephens ar ei draws. 'Mae dy draed di mewn cyffion. Yr unig beth sydd eisio i ti'i wneud rŵan ydi gwneud yn siŵr fod dy ffrind penna di'n cadw'r ymchwiliad i lofruddiaeth Lisa mor

dawel ag sy'n bosib. Dwêd wrtho nad oes angen iddyn
nhw boeni am Meriel; dy fod ti wedi derbyn gair oddi
wrthi ac nad ydi hi'n bwriadu dod adre. Os na wnei di
hynny mi ofala i y byddi'n ei cholli hithau hefyd.'

'Mi wna i 'ngorau,' meddai'n floesg.

Roedd yr atgof am Lisa'n gorwedd yn welw farw ar
fwrdd y marwdy yn rhy fyw yn ei feddwl iddo allu
meddwl am weld Meriel felly. Byddai hynny'n ddigon am
ei fywyd ef a'i wraig.

'Mi wnei fwy na hynny!' meddai Stephens yn greulon.
'Cer rŵan. Gorau po gynta iti gael gair efo dy bartner
golff.'

Croesodd at ei gar ei hun a gyrru i ffwrdd yn gyflym.

Ni chychwynnodd Pughe ei gar ar unwaith. Eisteddai
a'i ddwy law ar yr olwyn lywio, a'i feddwl yn gwibio'n
wyllt i bob cyfeiriad. Roedd wedi'i ddal yn storm fwyaf
ei fywyd ac ni wyddai beth i'w wneud. Ymystwyriodd yn
y man a gwasgu'r olwyn o dan ei ddwylo. 'Ryw ddydd,
y diawl, mi gei di weld . . .' Ysgyrnygodd. Taniodd y car
a'i yrru allan o'r maes parcio—a'i olwynion yn sgrialu ar
y cerrig mân—i gyfeiriad cartref y Prif Gwnstabl.

'O Cenwyn,' meddai Ann y ferch pan agorodd y drws
iddo, 'tyrd i mewn.' Cofleidiodd y ddau yn y cyntedd.
'Be ar y ddaear sy wedi digwydd, Cenwyn?' holodd, a
dagrau ar ei gruddiau. 'Pam llofruddio Lisa, o bawb yn y
byd?'

'Duw'n unig a ŵyr,' atebodd yntau. 'Dwn i ar y
ddaear be i'w wneud na be sy'n mynd i ddigwydd. Rhaid
i mi gael gair efo dy dad.'

'Wrth gwrs,' meddai Ann. 'Mi fydd o'n siŵr o dy
helpu. Mae o yn y lolfa—wedi brifo'i ffêr wrth chwarae

golff, a'i dymer yn danllyd braidd, o'r herwydd. Mi fu Inspector Rees yma . . .'

'Rees,' meddai Pughe ar ei thraws, 'ydi o wedi bod yma?'

'Do. Roedd yn rhaid iddo weld Dad i drefnu'r ymchwiliad. Y fo sydd yng ngofal yr achos.'

'Damio,' ebychodd Pughe wrtho'i hun, gan ddilyn Ann i mewn i'r lolfa.

'Cenwyn, yr hen gyfaill,' meddai Hartwell Jones, gan ymdrechu i godi o'i gadair. 'Mae'n wir ddrwg gen i am dy brofedigaeth enbyd.'

Derbyniodd Pughe ei law a'i gwasgu. 'Ond pam llofruddio Lisa, Hartwell?' gofynnodd. 'Dydw i ddim yn deall.'

'O?' meddai'r Prif Gwnstabl. 'Rwyt ti wedi clywed felly, a finnau'n meddwl mai fi oedd i fod i dorri'r newydd i ti a Frances. Pwy ddwedodd wrthat ti?'

Taflodd Cenwyn Pughe gipolwg apelgar i gyfeiriad Ann, ac meddai'n ffwdanllyd: 'O, Ann ddwedodd wrtha i, newydd imi gyrraedd.'

Petrusodd y Prif Gwnstabl, 'O, dyna fo, 'te. Mae'n debyg bod Ann yn well na fi am dorri'r math yna o newydd. Tyrd, eistedd fan hyn . . . Ann, wnei di dywallt bob i wydraid o whisgi inni?'

'Dad!' meddai hithau. 'Mi wyddoch be ddwedodd y doctor.'

'Damio'r doctor!' ebychodd ei thad. 'Mae 'na amser pan mae'n rhaid i ddyn gael hwb, ac mae hwn yn un ohonyn nhw . . . nid un bychan 'chwaith, cofia.'

Arllwysodd hithau wydraid helaeth i'r ddau a'u gadael. 'Wela i di cyn iti fynd, Cenwyn,' meddai.

'Rwyf wedi rhoi Inspector Rees yng ngofal yr achos, Cenwyn,' meddai'r Prif Gwnstabl, wedi i'r ddau fod yn sipian yn dawel am ychydig. 'Mi elli fentro y gwnaiff o bopeth yn ei allu i ddal y llofrudd; mae o'n un o'r dynion gorau sy gynnon ni.'

'Diolch, Hartwell. Gobeithio y gwnaiff o bopeth mor ddiffwdan ag sy'n bosib. Dydw i ddim am i Frances ddiodde mwy na sy raid. Mae'r greadures wedi diodde digon eisoes. Oes modd i ti 'i berswadio fo i gadw pethau mor dawel ag y gellith o?'

'Rwyf wedi awgrymu hynny wrtho eisoes. Does dim raid iti boeni am hynny, ac fe fydd yn troi pob carreg i ddod o hyd i Meriel iti.'

'O,' meddai Pughe yn ffrwcslyd, 'does dim angen iddo wneud hynny. Mi gawson ni air ganddi'r bore 'ma—wedi clywed y newydd am Lisa ar y radio ac yn holi am ei mam.'

'Wel, diolch am hynny!' meddai Hartwell Jones. 'Ydi hi'n bwriadu dod adre?'

'Wel . . . wel . . . dydi hi ddim yn siŵr iawn a ydi hi'n gallu dod ar hyn o bryd, ond fe ddaw cyn gynted . . .'

'Mi faswn i'n meddwl, wir,' meddai'r Prif Gwnstabl yn siarp. 'Dwêd i mi, Cenwyn, oes gen ti ryw syniad pam y bydde rhywun wedi gwneud peth mor ddieflig â llofruddio Lisa, o bawb?'

'Does gen i ddim math o syniad,' atebodd Pughe, â llais Stephens yn atseinio yn ei glustiau. 'Gobeithio'r nefoedd bod yr Inspector 'na'n ddigon o foi i'w waith.'

'O, ydi, Cenwyn,' meddai'i gyfaill. 'Mae'r Arolygydd James yn wael, ond fe wna Rees ei waith yn iawn, coelia di fi.'

'Diolch iti, Hartwell,' meddai, gan godi i fynd. Ofnai y byddai'i gyfaill yn amau fod ganddo rywbeth i'w gelu.

'Gobeithio'r nefoedd y daw'r cyfan i ben yn o fuan,' ychwanegodd. 'Da bo chdi. Mi ga i air ag Ann cyn mynd.'

Arhosai hi amdano yn y cyntedd ac roedd yn amlwg ar ei hwyneb fod rhywbeth o'i le.

'Pryd ca i dy weld di eto, Ann?' gofynnodd Pughe.

'Dwn i ddim wir,' atebodd hithau. 'Mae'n rhaid inni ystyried yn ddifrifol yn wyneb yr hyn sy wedi digwydd. Pam ddwedaist ti wrth Dad mai fi ddwedodd wrthat ti fod Lisa wedi'i llofruddio?'

Ceisiodd Pughe osgoi'r cwestiwn. 'Mae'n ddrwg gen i, Ann . . . A dweud y gwir, dydw i ddim yn gwybod p'un ai mynd neu dŵad rydw i. Rhaid i mi fynd adre rŵan—mi fydd Frances ar bigau'r drain . . .'

Troes hithau oddi wrtho cyn iddo gael siawns i'w chusanu.

'Da bo chdi,' meddai'n dawel.

6

Wedi bore a phnawn prysur arafodd Inspector Rees y car y tu allan i 4, Clôs Hafren, Abermorlais—byngalo moethus yr olwg yng nghanol rhyw ddwsin o rai tebyg wedi'u gosod yn daclus ar ffurf chwarter lleuad, gyda lawntiau helaeth o'u blaen.

'Ydych chi am i mi aros yn y car, syr?' gofynnodd Non.

'Na,' atebodd yr Inspector. 'Cystal ichi ddod i mewn; fe ga i wybod wedyn beth rydych chi'n ei feddwl o'r brawd.'

Cerddodd y ddau heibio i ddau forder lliwgar o flodau ffarwel haf a blodau Mihangel at y drws a chanu'r gloch. Agorwyd iddynt gan ŵr glandeg, tua phymtheg ar hugain oed, gwallt golau, tonnog a mwstas bychan ganddo. Sylweddolodd yr Inspector ei fod yn syllu. 'Mae'n ddrwg gen i,' ymddiheurodd, 'Mr. Peter Darlington?'

'Mae hynny'n gywir,' atebodd yr athro, 'y fi ydi Peter Darlington.'

'A gawn ni ddod i mewn am funud, os gwelwch yn dda?' gofynnodd yr Inspector. 'Ditectif Inspector Rees ydw i a dyma W.P.C. Davies, heddlu Abermorlais.'

'Ond pam dach chi am gael gair â mi?' gofynnodd Darlington.

'Ynglŷn â marwolaeth Miss Lisa Pughe,' atebodd Rees.

'O,' ebe'r athro. 'Wel wir, mae'n anghyfleus iawn ar hyn o bryd, rwy'n disgwyl ffrindiau i alw unrhyw funud . . .'

'Popeth yn iawn, Mr. Darlington,' meddai'r Inspector. 'Wnawn ni mo'ch cadw chi'n hir. Rwy'n siŵr y byddwch yn barod i'n cynorthwyo gyda'n hymholiadau.'

Ildiodd Darlington yn gyndyn a'u gwahodd i mewn, ac fe'i dilynasant i mewn i lolfa eang, gysurus yr olwg. Gorchuddiwyd un o'r muriau â channoedd o lyfrau ac ar y tri mur arall crogai nifer o ddarluniau, rhai mewn olew ac eraill mewn dyfrliw, a'r cyfan yn fodern iawn eu harddull.

Edrychodd yr Inspector o'i gwmpas, a phenderfynodd fwrw i'r dwfn. 'Galw wnaethon ni,' meddai, 'i wneud ymholiadau ynghylch llofruddiaeth Miss Pughe.'

Safodd Darlington yn fud am rai eiliadau, fel pe bai wedi'i syfrdanu gan eiriau'r Inspector. 'Llofruddiaeth?' meddai'n floesg. 'Lisa, wedi'i llofruddio! Does bosib? Roeddwn i wedi deall mai . . .'

'Wedi cyflawni hunanladdiad roedd hi,' meddai Inspector Rees, ar ei draws. 'Na, mae arna i ofn fod yr achos yn fwy difrifol o lawer na hynny. A chan eich bod chi'n gyfaill iddi, fe dybiais y gallech chi'n helpu ni.'

'Dwn i ddim sut y cawsoch chi'r argraff yna, Inspector,' meddai Darlington. 'Doedd Lisa a minnau ddim mwy o ffrindiau â'n gilydd na gweddill aelodau staff yr ysgol. Dydw i ddim yn deall sut y galla i'ch helpu chi.'

'Wel,' meddai'r Inspector, 'fe gafodd Miss Pughe ei rhyddhau o'r ysgol i fynd i Gaeredin i edrych ar ôl ei chwaer oedd yn wael. Ond mae'n ymddangos bellach nad oedd hynny ddim yn wir. Ellwch chi feddwl am unrhyw reswm pam y bydde . . . merch fel Miss Pughe yn dweud celwydd yn fwriadol?'

'Dim syniad. Mae'r peth yn ddirgelwch hollol i mi.'

'A wyddech chi—fel ffrind iddi—a oedd hi mewn cysylltiad â'i chwaer, Meriel?'

'Fydde Lisa byth yn rhannu'i chyfrinachau â mi. Hyd y gwn i, doedd hi'n gwneud dim â'i chwaer ers amser maith. Doedd gan y ddwy fawr i'w ddweud wrth ei gilydd.'

'Pryd y gwelsoch chi Miss Pughe ddiwetha?'

Oedodd Darlington cyn ateb. 'Hyd y cofia i,' meddai, 'rywdro ddechrau'r wythnos, yn y stafell athrawon.'

'Fuoch chi gyda hi yn ei charafán ym maes carafanau'r Hebog yn ddiweddar, Mr. Darlington?'

'Bobol annwyl, Inspector,' ebe'r athro'n ddiamynedd, 'wyddwn i ddim fod ganddi garafán hyd yn oed . . . Ydych chi'n ceisio awgrymu fod yna gyfathrach arbennig rhwng Lisa a minnau?'

'Na, na, Mr. Darlington,' meddai Rees, 'dim ond ceisio cael hynny o wybodaeth ag sy'n bosib am ei symudiadau'n ddiweddar, ac yn enwedig y dydd y'i llofruddiwyd

68

hi. Tybed a fyddech chi'n barod i ddweud wrthym ble'r oeddech chi'r diwrnod arbennig hwnnw?'

'Sut mae disgwyl imi wybod, Inspector,' atebodd Darlington, 'pan nad ydw i'n gwybod i sicrwydd pa ddiwrnod *oedd* hwnnw? A hyd y gwela i, does a wnelo fo ddim â mi. Rwy'n credu 'mod i wedi'ch cynorthwyo chi hyd eitha fy ngallu. Mi fydd fy ffrindiau yma gyda hyn.'

Cerddodd at ddrws y lolfa a sefyll yno; roedd yr awgrym yn eglur. Yn ei farn ef, roedd y cyfweliad ar ben. Doedd gan yr Inspector ddim i'w wneud ond derbyn yr awgrym, a cherddodd allan o'r lolfa gyda Non yn ei ddilyn. Fel yr oedd yn mynd drwy'r drws, meddai:

'Mae'n bosib y byddwn am gael gair ymhellach â chi, Mr. Darlington. Gyda llaw,' ychwanegodd, ar hanner droi i ffwrdd, 'wyddech chi fod Miss Pughe yn ymhél â chyffuriau?'

Gwelwodd Darlington. 'Na wyddwn i,' meddai'n frysiog, a chau'r drws arnynt.

Fel y cerddai'r Inspector tua'r car, teimlai awydd angerddol i ddychwelyd i'r tŷ a chydio yn yr athro gerfydd ei war a'i siglo nes bod ei ben yn ysgwyd fel pendil cloc. 'Yr hen gocyn bach iddo!' ebychodd. 'Petawn i'n brifathro arno mi faswn wedi rhoi 'nhroed o dan ei ben-ôl o.'

'Mi roedd o braidd yn annioddefol, on'd oedd o, syr?' cytunodd Non. 'Yr euog yn ffoi heb neb yn ei erlid, falle.'

'Cystal inni gadw llygad ar y brawd,' meddai Rees, 'er nad oes gynnon ni ddim tystiolaeth yn ei erbyn ar hyn o bryd.

Safodd Peter Darlington wrth y ffenest yn eu gwylio'n gyrru i ffwrdd, ac yna aeth ar ei union at y ffôn. 'Mae 'na

Inspector o heddlu Abermorlais wedi bod yma'n fy holi,'
meddai, ei lais yn llawn cyffro. 'Bron nad oedd o'n
awgrymu bod a wnelo fi rywbeth â marwolaeth Lisa.
Gwneud i bawb feddwl mai hunanladdiad oedd o roeddech
chi i *fod* i'w wneud, ond mae'r Inspector 'ma'n holi
ynghylch ei *llofruddiaeth*! Be *felltith* sy wedi digwydd? Mi
wyddwn na ddylwn fod wedi'i hudo i'r garafán 'na . . . a
chamgymeriad mawr oedd ei lladd hi. Dydw i ddim yn
bwriadu cymryd fy nghysylltu â'r peth o gwbl, a dyna ben
arni . . .'

'Does gen ti ddim dewis,' atebodd y person ar ben arall
y ffôn. 'Rwyt ti wedi dy gysylltu â'r llofruddiaeth eisoes.
Ond os pwylli di, does 'na ddim rheswm yn y byd dros i
neb wybod hynny.'

'Dydach chi ddim yn mynd i 'nhynnu i'n ddyfnach i'ch
rhwyd felltith,' mynnodd Darlington. 'Rydw i wedi cael
llond bol . . .'

'Gwranda dithau,' meddai'r siaradwr ar ei draws, 'does
'na gythral o neb yn mynd i'm rhwystro i rhag cwblhau
'nghynlluniau, a gorau po gynta iti sylweddoli hynny. Mi
dybiodd yr eneth 'na y gallai hi 'ngorfodi i i wrando arni,
ac mi wyddost be ddigwyddodd iddi *hi*. Paid tithau â
gwneud yr un camgymeriad.'

'Mi fedra innau fygwth,' gwaeddodd Darlington, 'ac
nid merch fach ydw i. Mi gei di fynd i'r diawl cyn y cymera
i 'ngorfodi i wneud dim mwy.'

'Cau dy geg, y llwfrgi bach iti! Roeddet ti'n ddigon
parod i dderbyn yr arian . . . a phaid ag anghofio fod gen i
becyn o luniau diddorol yn 'y meddiant. Be ddwedai dy
brifathro di pe gwyddai fod ei athro celf wedi bod yn
chwarae mig â rhai o'r merched oedd o dan ei ofal yn yr

ysgol, a'i fod o'n ymhél â chyffuriau? Dyna derfyn ar dy fyd bach cysurus di! Mi gaet dreulio blynyddoedd mewn cell yn lle mwynhau bywyd yn dy fyngalo moethus. Dal di dy afael am ychydig eto ac rwy'n addo y cei di'r lluniau 'ma i gyd yn ôl ac mi fydd dy ddyfodol yn rhydd iti wneud fel y mynnot â dy genod bach . . .'

Llwyddodd y bygythiad i dawelu Darlington. Gwyddai o brofiad nad un ofer ydoedd.

'Am faint eto?' holodd yn floesg.

'Mae pethau'n dirwyn i ben, ac yna mi fyddi uwchben dy ddigon. Ond, yn y cyfamser, tria di fy nghroesi, ac mi gei weld yn wahanol iawn.'

Rhoddwyd y ffôn i lawr.

'Damio di'r cythral!' ebychodd Darlington yn wyllt, a thrawodd y derbynnydd yn ôl i'w le nes bod y bwrdd oddi tano'n siglo.

*   *   *

Dychwelodd Inspector Rees a Non i'r pencadlys, yn awyddus i glywed adroddiad Sarjant Price a chanlyniadau'r ymchwiliadau a wnaethpwyd gan aelodau'r adran. Ond siomedig oedd y cyfan. Doedd dim gwybodaeth am y gŵr a huriodd y garafán. Diffrwyth fu'r ymweliad â'r athrawes yn Ffordd Neifion ac roedd ffynhonnell Stephens wedi rhedeg yn hesb cyn iddynt gael cyfle i fanteisio dim arni.

'Be am heddlu Manceinion?' holodd yr Inspector.

'Does 'na'r un dyn o'r enw David Armstrong yn byw yn Whalley Range hyd y gwyddon ni,' atebodd Price.

'Beth am Meriel Pughe?'

'Fe ffoniodd y Prif Gwnstabl i ddweud fod ei thad wedi dweud wrtho'u bod wedi clywed oddi wrthi, a'i bod hi'n iawn ond nad ydi hi'n bwriadu dod adre.'

'Diddorol iawn,' meddai Rees. 'Pryd clywodd o, tybed?'

'O, ac un peth arall, syr: fe ddwedodd nad oedd raid iddo fo dorri'r newydd am y llofruddiaeth. Fe alwodd Pughe yno gynnau ac roedd Ann—merch y Prif Gwnstabl —wedi dweud wrtho cyn i'w thad gael cyfle.'

'Mae pethau'n mynd yn rhyfeddach fyth,' meddai Rees. 'Ond nid Pughe sydd i ddweud a ydyn ni'n parhau i chwilio am Meriel ai peidio. Mae'n rhaid inni ddod o hyd iddi. Mi af ar fy llw ei bod hi'n allweddol i'r achos yma. Mi fynna i air â'i thad.'

Cododd y ffôn. 'Mr. Pughe,' meddai, 'Inspector Rees sy'n siarad. Rwy'n clywed eich bod wedi cael gair oddi wrth Meriel . . . Da iawn . . . ond rwy'n deall nad ydi hi'n bwriadu dod adre . . . Rwy'n credu y byddai'n ddoeth iawn i chi drio'i pherswadio i ddod . . .'

'Dydw i ddim yn credu y daw hi, ar hyn o bryd,' atebodd Pughe.

'A ga i ei chyfeiriad, os gwelwch yn dda? Fe geisiwn ni ei pherswadio. Rwy'n siŵr y bydde Mrs. Pughe yn falch iawn o'i gweld.'

'Mae'n ddrwg gen i,' meddai Pughe, 'ond dydi o ddim gen i. Ffonio wnaeth hi a chawson ni mo'r cyfeiriad.'

'O, trueni am hynny,' meddai Rees. 'Does dim i'w wneud felly ond parhau i chwilio amdani. Diolch Mr. Pughe, da bo chi.'

'Fawr o gymorth i'w gael o fan'na,' meddai wrth y ddau arall, wedi iddo roi'r derbynnydd yn ôl yn ei le. 'Mi gewch chi barhau i ymchwilio i gefndir Meriel, Non,'

72

meddai. 'Pydrwch arni gymaint ag y gellwch. A Price, rhowch ddau o'r bechgyn ar waith i geisio cael mwy o wybodaeth am Peter Darlington. Ond dydw i ddim eisio i neb ymyrryd ag o'n bersonol ar hyn o bryd.'

7

Roedd Cenwyn Pughe ar ganol bwyta'i frecwast pan ddaeth Ella i mewn â phecyn o lythyrau yn ei llaw.

'Diolch, Ella . . . Arhoswch funud rhag ofn fod 'na rai i Mrs. Pughe.' Edrychodd drwy'r amlenni'n gyflym a rhoi pedair yn ôl iddi. 'Ewch â'r rheina iddi, os gwelwch yn dda. Llythyrau cydymdeimlad ydyn nhw, yn ôl pob tebyg.'

Wedi i'r forwyn fynd, agorodd Pughe yr amlen oedd ar ben y pentwr. 'Be ar y ddaear ydi'r rhain, sgwn i?' meddai wrtho'i hun, gan dynnu allan ddau lun ac edrych arnynt yn ofalus. Parodd yr hyn a welodd iddo deimlo fel pe bai llaw greulon yn gwasgu am ei galon. 'Dduw mawr!' sibrydodd. 'Lisa!' Syllodd ar y llun cyntaf yn ofalus—llun o Lisa'n dringo i mewn i garafán a gŵr ifanc yn ei dilyn. Ochr wyneb y gŵr yn unig oedd yn y golwg ond, serch hynny, roedd rhywbeth yn gyfarwydd iawn ynddo.

'Peter Darlington! Y fo! . . . Wrth gwrs!' ebychodd, wedi iddo droi'r llun drosodd a gweld enw'r athro ar y cefn.

Criw o ferched ifainc oedd yn yr ail lun—a'r rheini wrthi'n dadwisgo. Ac yng nghanol y llun—yn noethlymun —roedd Meriel.

'O na!' llefodd Cenwyn Pughe'n ofidus. 'Nid Meriel hefyd.'

Edrychodd ar gefn y llun a darllen y geiriau, 'Mae'r athro'n mwynhau'i hun.'

'Y cythral diegwyddor!' meddai'n floesg, 'y fo sy'n gyfrifol am imi golli Lisa, a Meriel hefyd. Mi ladda i'r diawl!' Cydiodd yn ei gwpan ond roedd ei law yn crynu cymaint nes iddo golli'r coffi a staenio'r lliain gwyn.

Cododd oddi wrth y bwrdd gan adael y rhan helaethaf o'i frecwast heb ei fwyta. Aeth o'r tŷ ar ei hyll ac i'w gar, ac un peth yn ei gorddi a'i yrru, sef yr awydd i gael ei ddwy law am wddf Peter Darlington i'w lindagu.

Clywodd Ella sŵn y drws yn clepian a phrysurodd i'r ystafell fwyta. 'Nefoedd annwyl!' meddai'n uchel pan welodd y llanast. 'Mae rhywbeth yn ei gorddi o'r bore 'ma. Mi aeth o allan fel cath i gythral!'

Ond fel roedd Pughe'n nesáu at y dre, llaciodd ei droed ar y sbardun. Sylweddolodd y byddai'r athro erbyn hyn wedi gadael ei gartref am yr ysgol ac na wyddai yntau ei gyfeiriad i sicrwydd—er bod ganddo forgais gyda'i gwmni ef . . . 'Aros di tan heno, 'ngwas i!' meddai, gan ailgyfeirio'i gar tua phentref Glandŵr, gyda'r bwriad o fynd i weld Turner, ei oruchwyliwr, i'w holi ynghylch y lluniau a pham na fuasai wedi adnabod Lisa a'r athro.

'Ble mae Turner?' meddai'n wyllt, gan ruthro i mewn i'r swyddfa a rhoi braw i'r ferch a eisteddai wrth y ddesg gyda'i ymweliad dirybudd a'i gwestiwn sydyn . . .

'O . . . Mr. Pughe,' meddai'n nerfus. '. . . Mr. Turner? . . . Mae'n ddrwg gen i, ond dydi o ddim yma.'

'Ble ddiawl mae o? Mi ddylai fod yma'r adeg yma o'r dydd!'

'Mae o wedi mynd i ffwrdd am rai dyddiau. Dal ar y cyfle, medda fo, cyn y gwyliau hanner tymor. Does gen i . . .'

'Wyddoch chi i ble mae o wedi mynd?' gofynnodd Pughe ar ei thraws.

'Na wn i, wir, Mr. Pughe,' atebodd hithau. 'Does gen i ddim syniad.'

'Damio'r dyn!' ebychodd Pughe, a throi ar ei sawdl, gan adael y ferch yn edrych yn syfrdan ar ei ôl. 'Be ar y ddaear oedd yn 'i gorddi o, sgwn i?' meddai wrthi'i hun.

Neidiodd Pughe i'w gar a gyrru'n gyflym i gyfeiriad Abermorlais ac i'r swyddfa. Bu ar bigau'r drain am weddill y dydd, a'i glercod yn sgrialu i bob cyfeiriad, gan ddyheu am weld awr noswylio.

Wedi iddynt fynd adre, chwiliodd Pughe yn ei ffeiliau nes canfod enw a chyfeiriad Peter Darlington. Roedd gan yr athro forgais ar ei fyngalo gyda'r cwmni. 'Aros di,' bygythiodd Pughe yn dawel. 'Mi ffeindia i ffordd i dorri hon, mynd brain i, ac mi ro i di ar y clwt!'

Arhosodd yn y swyddfa'n sipian whisgi nes ei bod wedi tywyllu'n llwyr ac, wedi iddo ffonio'i wraig i ddweud y byddai'n hwyr ac am iddi beidio â'i ddisgwyl adre i ginio, cefnodd ar y swyddfa a gyrru i cyfeiriad Clôs Hafren. Ni sylwodd ar y cerbyd arall oedd wedi'i barcio gerllaw ac a'i dilynodd yr holl ffordd, gan dynnu i mewn i'r clawdd ac aros ryw hanner canllath y tu ôl iddo.

Daeth Pughe allan o'r car a chloi'r drws, wedi iddo estyn ei ffon oddi ar y sedd ôl. Edrychodd o'i gwmpas yn ofalus i wneud yn siŵr nad oedd neb yn ei wylio. Unwaith eto, ni sylwodd ar y car oedd wedi tynnu'n glòs i'r ochr a diffodd ei oleuadau. 'Reit,' meddai wrtho'i hun. 'Rŵan amdani!' Edrychodd o'i gwmpas unwaith yn rhagor ac yna prysurodd at ddrws 4 Clôs Hafren a chanu'r gloch. Atebodd Darlington y drws, a gwthiodd Pughe heibio iddo'n ddiseremoni a brasgamu i mewn i'r lolfa.

'Mr. Pughe, be ar y ddaear sy'n bod?' holodd yr athro mewn syndod.

'Mi gei di weld mewn munud,' atebodd Pughe.

'Does gynnoch chi ddim hawl . . .' protestiodd yr athro.

'Cau dy geg!' meddai Pughe ar ei draws yn gas, 'A diolcha mai fi sydd yma ac nid yr heddlu yn dy gyhuddo di o lofruddio Lisa.'

Safodd Darlington yn ei unfan, fel pe bai wedi'i barlysu. Roedd ei geg ar agor ond ni ddywedodd yr un gair.

'Y cachgi slei iti!' rhuodd Pughe. 'A be am Meriel?'

'Llofruddio Lisa a . . . a . . . dydw i'n gwybod dim am Meriel,' ebe'r athro, gan gecian yn nerfus.

'Paid â dechrau dweud celwydd,' meddai Pughe, gan godi'r ffon oedd ganddo yn ei law yn fygythiol, 'neu mi gei flas hon ar dy gorun,' ychwanegodd.

'Peidiwch chi â dod yma i 'mygwth i,' meddai Darling-ton, mewn ymgais i fod yn wrol.

'Be oeddet ti'n wneud hefo Lisa yn y garafán?'

'Ym mha garafán hefo Lisa?' gofynnodd yr athro. 'Fûm i ddim hefo hi yn yr un garafán.'

'Na fuost ti, wir? Aros di funud!' Tynnodd Pughe amlen o'i boced ac estyn y llun o Lisa'n mynd i mewn i'r garafán a'i roi yn llaw Darlington. 'Ydi hwnna'n dweud celwydd?' gofynnodd.

Syllodd yr athro ar y llun a'i wyneb yn welw. 'Mae'n rhaid fod hwn wedi'i dynnu pan oedden ni'n mynd â phlant yr ysgol ar wyliau,' meddai.

'Mynd â phlant yr ysgol ar wyliau i faes carafanau'r Hebog?' meddai Pughe yn wyllt. 'Wyt ti'n meddwl 'mod i'n hollol ddwl?'

Cipiodd y llun o law Darlington ac estyn yr ail lun iddo. 'A be am hwn?' gofynnodd.

Crynai'r llun fel deilen yn y gwynt yn llaw'r athro. 'Ble gawsoch chi'r rhain?' holodd, a'r cryndod i'w glywed yn ei lais yn ogystal.

'Dydi o ddim o bwys i ti ble cefais i nhw,' atebodd Pughe. 'Yr hyn sy arna i eisio ydi eglurhad.'

'Dydach chi ddim yn deall . . .' protestiodd Darlington. 'Parti bach gawson ni yn yr ysgol oedd hwn,' gan ddal y llun i fyny. 'Roedd o'n hollol ddiniwed . . .'

'Hollol ddiniwed o ddiawl!' gwaeddodd Pughe ar ei draws. 'Criw o enethod ysgol yn noethlymun a thithau yn eu canol nhw? Be wyt ti'n feddwl ydw i?'

'Ar fy ngwir, Mr. Pughe,' taerodd Darlington. 'Dydach chi ddim yn deall . . . ddigwyddodd dim byd . . .'

'Er mwyn y nefoedd . . .' gwaeddodd Pughe. 'Rwy'n deall hyn: fod fy merch Lisa'n gorff a Meriel, ei chwaer, wedi'n gadael a dy fod ti â dy fysedd yn y brwes. Pam est ti â Lisa i'r garafán?'

'Mr. Pughe,' meddai Darlington yn daer. 'Rwy'n erfyn arnoch i wrando arna i. Doedd gen i ddim dewis ond mynd â hi. Ar fy llw, wnes i ddim byd arall. Fynnwn i i ddim fod wedi digwydd i Lisa, am y byd.'

'Wyt ti'n trio dweud fod rhywun yn dy orfodi di?' meddai Pughe. '*Pwy* oedd yn dy orfodi di, a pham? Est ti â hi i'r garafán i rywun arall ei llofruddio, y cythral iti?'

Cododd ei ffon, a chyn i'r athro sylweddoli beth oedd ei fwriad fe'i trawodd ag ergyd galed, greulon ar fôn ei ysgwydd. Rhoes Darlington floedd o boen a chilio'n ôl.

'Naddo, er mwyn Duw, wnes i mo hynny!' protestiodd.

'Wyddai Turner dy fod ti'n mynd â Lisa i'r garafán?' holodd Pughe.

'O na,' atebodd Darlington yn gyflym. 'Wyddai fo ddim byd o gwbl.'

'Ac mi est ti â hi yno a'i gadael hi, y cachgi iti! Pam na faset ti wedi gadael iddi fynd i'r Alban fel roedd hi wedi'i fwriadu?'

'Doedd hi ddim wedi bwriadu mynd i'r Alban. Doedd Meriel ddim yng Nghaeredin. Stori er mwyn iddi gael ei rhyddhau o'r ysgol oedd honno.'

'I'w rhyddhau o'r ysgol . . . i be? A ble mae Meriel, felly?'

'Feiddia i ddim dweud mwy wrthoch chi, Mr. Pughe. Credwch fi!'

'Na feiddi di?' meddai Pughe. 'Fe gawn ni weld am hynny.' A rhoes ail ergyd greulon iddo ar ei ysgwydd arall.

Suddodd Peter Darlington ar ei liniau gan riddfan mewn poen.

'Be am Meriel?' holodd Pughe yn ddidostur. 'Wnaeth rhywun d'orfodi di i wneud i honno ddinoethi o dy flaen . . . a'r genod eraill, y mochyn iti? Mi ddysga i wers iti nad anghofi di byth.'

Cododd ei ffon am y drydedd waith ac anelu i daro'r athro. Symudodd yntau mewn ymgais i'w hosgoi a thrawodd y ffon ef ar ochr ei dalcen a'i wyneb. Cwympodd yn anymwybodol i'r llawr, a'r gwaed yn llifo o'i ben.

'Nefoedd fawr!' sibrydodd Pughe, wedi'i frawychu'n llwyr gan yr hyn a ddigwyddodd. 'Be ydw i wedi'i wneud?'

Gollyngodd y ffon o'i afael fel petai wedi bod yn cydio mewn neidr farwol a phlygodd yn araf a phryderus wrth ymyl yr athro. Rhoes ei law ar ochr ei wddf mewn ymgais i glywed curiad y galon ond ni theimlai ddim a thynnodd hi i ffwrdd yn gyflym, a'i fysedd wedi'u staenio'n goch gan waed. Syllodd arnynt mewn braw, ac yna plygodd i lawr eilwaith a chydio yng ngarddwrn yr athro mewn ymgais arall i deimlo curiad ei galon. Yn ei ffwdan a'i fraw, ni allai deimlo dim. 'Frances, Frances, be rydw i'n mynd i'w wneud rŵan?' sibrydodd, gan godi ar ei draed. Ni wyddai'n iawn beth roedd yn ei ddweud. Ni fedrai weld unrhyw symudiad, dim ond y gwaed yn llifo o'r pen ac yn staenio'r carped. 'Dduw mawr!' meddai'n uchel. 'Be wna i?' Ac yna, fel petai wedi cael rhyw fflach o weledigaeth, ebychodd: 'Lladron! Ia, dyna fo, lladron!'

Mewn dim amser roedd yn rhuthro'n wyllt o amgylch yr ystafell, gan droi dodrefn oddi ar eu hechel a thaflu dysglau o bob math hwnt ac yma a'u malu'n deilchion. Arafodd yn y man ac edrych o'i gwmpas. Gwnaethai lanast enbyd ar yr ystafell. Rhoes gipolwg cyflym ar Darlington—ond doedd o ddim wedi symud. Rhedodd allan o'r tŷ ar frys gwyllt, heb boeni cau'r drws ar ei ôl. Edrychodd o'i gwmpas yn bryderus a phrysuro at ei gar.

'I'r dim!' sibrydodd y gwyliwr o'r car arall, wrth weld Pughe yn rhuthro allan o'r tŷ, yn edrych o'i gwmpas yn ofnus ac yn gyrru i ffwrdd yn wyllt. Ond arhosodd yn ei gar am dipyn, i wneud yn siŵr nad oedd Pughe am ddod yn ei ôl. Ymystwyriodd yn y man a cherdded yn hamddenol tua Chlôs Hafren. Oedodd yn wyliadwrus—fel Pughe o'i flaen—ac yna prysurodd at ddrws rhif 4. 'Y ffŵl dwl!' meddai, pan welodd fod Pughe wedi gadael y drws led y pen ar agor.

Galwodd ar Peter, a phan na chafodd ateb aeth i mewn ar ei union i'r lolfa. 'Dduw mawr!' ebychodd mewn syndod pan welodd yr holl lanast. 'Mae'n edrych fel petaen nhw wedi bod yn ymladd.' Camodd ymhellach i mewn i'r ystafell a gwelodd yr athro'n gorwedd yn anymwybodol ar y llawr, a'r gwaed o'r clwyf ar ochr ei ben wedi dechrau ceulo a duo erbyn hyn. Penliniodd wrth ymyl y corff ac fel roedd yn teimlo'i wddf i geisio canfod curiad ei galon, rhoddodd Darlington ebychiad sydyn, egwan. Neidiodd y gŵr ar ei draed ac edrych o'i gwmpas yn gyffrous. Ger y lle tân ffug gwelodd bocer efydd hir. Cydiodd ynddo, a sefyll uwchben yr athro am eiliad cyn codi'r pocer i fyny a rhoi ergyd galed, greulon iddo ar yr union fan y gwnaethai Pughe o'i flaen. Heb oedi, rhoes un ergyd galed, ddidostur arall. Rhoddodd Darlington ochenaid ddofn a cherddodd rhyw gryndod ysgafn dros ei gorff cyn iddo ymlonyddu'n llwyr.

'Fel oen i'r lladdfa,' meddai'r gŵr. Plygodd i lawr eil-waith i deimlo am guriad y galon—ond yn ofer. Roedd ei ben wedi dechrau gwaedu drachefn, ond arafodd a pheidio pan ballodd y galon â phwmpio . . .

Gwelodd ffon Pughe ar lawr lle y'i gollyngodd hi yn ei ffrwst a'i fraw. 'Gwell fyth!' meddai, a chydio ynddi'n ofalus, ei ddwylo'i hun wedi'u gorchuddio â menig. Roedd yn ŵr hynod o ofalus a phwyllog. Bu'n chwilota o gwmpas yr ystafell am beth amser ac yna sleifiodd o'r tŷ'n dawel a chau'r drws yn ofalus ar ei ôl. Welodd neb mohono fo'n cerdded yn araf at ei gar ac yn gyrru i ffwrdd yn ddi-stŵr.

*　　　　*　　　　*

Ac yntau ar ei ffordd yn ôl i'w swyddfa, cofiodd Cenwyn Pughe yn sydyn am ei ffon. 'Damio!' griddfannodd, gan wasgu'n galed ar y brêc a gorfodi'r car oedd yn ei ddilyn i frêcio'n sydyn ac i'r gyrrwr godi'i ddwrn arno. Arhosodd ar ymyl y ffordd am ychydig yn pendroni a fentrai yn ôl i'r byngalo ai peidio, ond gwyddai yn ei galon na allai wynebu dychwelyd a gweld yr athro'n gorwedd yn ei waed.

Y peth cyntaf a wnaeth wedi cyrraedd y swyddfa oedd arllwys gwydraid helaeth o whisgi iddo'i hun a'i yfed ar ei dalcen. Eisteddodd wrth ei ddesg am amser a'i feddwl yn gwibio'n ddireol o un peth i'r llall. Gwnaeth benderfyniad sydyn a chododd y ffôn.

'Ann,' meddai, 'Cenwyn sy 'ma. Gwranda, fedri di ddŵad i 'nghyfarfod i i'r garafán?'

'Pryd?' gofynnodd hithau.

'Heno, cyn gynted ag y gelli di.'

'Be 'di'r brys? Oes 'na rywbeth wedi digwydd?'

'Ann,' atebodd Pughe, 'fedra i ddim egluro iti ar y ffôn. Ddoi di i'r garafán?'

'Dydi hi ddim yn gyfleus o gwbl heno, Cenwyn. Mi wyddost sut mae Dad, ac mae Inspector Rees wedi ffonio i ddweud ei fod yn galw'n hwyrach, ynglŷn â llofruddiaeth . . .'

'Ydi, debyg,' meddai Pughe. 'Oes raid i ti fod yna?'

'Does neb ond y fi yma i ateb y drws.'

'Tua faint o'r gloch mae o'n dod?'

'Toc wedi naw.'

'Fe allet ti ddod i 'nghyfarfod i a bod yn ôl erbyn hynny. Mae'n bwysig ofnadwy i mi dy weld ti.'

'Cenwyn,' meddai Ann, 'rydw i wedi bod yn meddwl llawer dros y tridiau diwetha . . .'

'Am be, felly?' holodd Pughe ar ei thraws.

'Amdanon ni'n dau. Ac mi rydw i wedi penderfynu na fedrwn ni ddim dal ati fel hyn, bellach. Y peth gorau i mi fydde peidio â dod i'r garafán heno.'

'Ann, plîs,' erfyniodd Pughe yn daer, 'paid â chefnu rŵan, o bob adeg. O leia, tyrd heno. Mae'n bwysig iawn i mi.'

'Ond pam yr holl frys? Pam heno?'

'Mi eglura iti pan wela i di; does wiw imi fentro dros y ffôn. Tyrd, Ann . . . os ydi'r misoedd diwetha 'ma wedi golygu unrhyw beth o gwbl iti. Falle mai dyma'r tro ola y do i ar dy ofyn di.'

Ildiodd Ann yn gyndyn. 'O'r gorau,' meddai, 'mi ddo i, ond fedra i ddim aros yn hir.'

Eisteddai Pughe yn ei garafán yn sipian gwydraid o win pan gyrhaeddodd hi; roedd wedi gadael ei char ar y ffordd gefn uwchben y maes carafanau a dod i mewn i'r maes drwy'r glwyd fechan yr oedd ganddi allwedd iddi. Camodd i mewn i'r garafán a chau'r drws yn gyflym ar ei hôl.

Cododd yntau i'w chroesawu gan fwriadu rhoi cusan iddi ond trodd hithau'i phen i ffwrdd a holi'n oeraidd:

'Pam oeddet ti eisio imi ddod yma ar gymaint o frys?'

'Stedda, Ann,' meddai yntau, ac arllwys gwydraid o win iddi. 'Mi eglura i rŵan. Mae'n wir ddrwg gen i imi bwyso cymaint arnat ti i ddod heno ond wyddwn i ddim at bwy arall i droi . . . Mae pethau wedi mynd yn ofnadwy o chwithig heno.'

'Be sy wedi digwydd?'

Adroddodd yntau hanes ei ymweliad â chartref Darlington.

Eisteddodd Ann yn fud am amser cyn holi: 'Wyt ti'n berffaith siŵr 'i fod o wedi marw?'

'Dydw i'n siŵr o ddim ar y ddaear, bellach,' atebodd Pughe, 'ond fedrwn i ddim canfod curiad calon o gwbl.'

'Does dim syndod, yn y cyflwr roeddet ti ynddo. Mae'n ddigon posib fod Darlington wedi dod ato'i hun erbyn hyn ac yn ceisio'i ymgeleddu'i hun. Mi ddo i yno hefo ti os mynni di.'

'Dawn i ddim yn ôl yno am bris yn y byd,' meddai Pughe yn bendant. 'Beth petai o wedi marw? Wnei di fy helpu i, Ann? Plîs . . .'

'Be ar y ddaear wyt ti'n ddisgwyl i *mi* 'i wneud? Y peth gorau i ti ydi dod adre hefo mi a chael gair efo Inspector Rees. Os yw Peter wedi marw, fe elli egluro mai damwain oedd hi.'

'Ann,' meddai Pughe yn daer, 'dwyt ti ddim yn deall! Meddylia pa effaith a gâi hynny ar Frances pe cawn i fy nghyhuddo o ladd yr athro felltith 'na. Hynny ar ben popeth arall . . .'

'Ond be arall fedri di'i wneud?'

'Y rheswm y gofynnais i iti ddŵad yma heno oedd i ofyn a fyddet ti'n barod i dystio dy fod ti wedi bod yma yn y garafán hefo mi heno, rhwng hanner awr wedi chwech ac wyth o'r gloch, dweder?'

'Cenwyn!' meddai Ann, mewn syndod. 'Wyt ti'n gofyn i mi, o bawb, ddweud celwydd i dy amddiffyn di? Dwyt ti ddim yn sylweddoli beth rwyt ti'n 'i ofyn. Meddylia, beth petai raid imi wneud hynny'n gyhoeddus, a minnau'n ferch y Prif Gwnstabl? Na, wna i ddim.'

'Mi wn 'mod i'n gofyn llawer, Ann, ond mi ro i 'ngair iti, os ca i fy nghyhuddo, na fydd raid iti ddweud 'run gair yn gyhoeddus.'

'Rwyt ti'n gofyn gormod, Cenwyn,' atebodd Ann.

'Ann,' erfyniodd yntau, gan gydio yn ei braich, 'os yw'r misoedd diwetha 'ma wedi golygu rhywbeth iti, gwna hyn i mi. Plîs . . . er mwyn Frances, os nad er 'y mwyn i. Ofynna i'r un gymwynas arall gen ti.'

Oedodd hi'n hir cyn ateb. 'O'r gorau, Cenwyn,' cytunodd toc. 'Mi wna i . . . er mwyn Frances, nid er dy fwyn di. Ond, deall di hyn,' ychwanegodd yn bendant, 'dyma ddiwedd ein perthynas ni. A pheth arall, pe digwyddai i enw da fy nhad fod yn y fantol, dyw fy addewid ddim yn dal.'

'Diolch iti, Ann,' meddai Pughe, a'i ryddhad yn amlwg.

Ceisiodd roi cusan iddi ond ni fynnai hi mo hynny.

'Rhaid imi fynd,' meddai.

'Ond fedri di ddim mynd rŵan,' meddai yntau, gan edrych ar ei wats. 'Aros nes ei bod hi'n hanner awr wedi wyth.'

Cytunodd hithau'n anfodlon.

8

Ymhen deuddydd roedd y Prif Gwnstabl yn ôl wrth ei waith.

'Mae pethau'n dechrau llusgo, Inspector,' meddai'n ddiamynedd. 'A oes angen mwy o ddynion arnoch chi?'

'Nac oes, syr. Rydyn ni i gyd wrthi fel lladd nadroedd. Petaen ni ond yn gallu cael hyd i Meriel—rwy'n siŵr y gallai hi'n helpu . . .'

Canodd y ffôn ac fe'i hatebwyd gan y Prif Gwnstabl. Trosglwyddodd y derbynnydd i Rees—'Chi sydd ei eisiau,' meddai.

Mr. Francis, prifathro'r ysgol uwchradd oedd yn galw. 'Bore da, Inspector,' meddai. 'Rwy'n pryderu, braidd, ynghylch un o'm hathrawon—Peter Darlington. Rwy'n deall i chi fod yn ei holi ynglŷn ag achos Lisa?'

'Do,' meddai'r Inspector. 'Ydi o'n cwyno am hynny?'

'O nac ydi,' atebodd y prifathro. 'Ond dydi o ddim wedi bod yn yr ysgol ddoe na heddiw, a dwi'n methu cael ateb ar y ffôn.'

'Ac rydych chi'n amau fod rhywbeth o'i le . . . Peidiwch â phoeni. Mi anfona i rywun draw i'r tŷ ar unwaith,' meddai'r Inspector. 'Oes 'na rywbeth arall?'

'Wel oes, a dweud y gwir. Mi anghofiais i ddweud wrthoch chi fod gan bob athro yn yr ysgol ei locer personol ei hun. Ro'n i'n meddwl falle y bydde o fudd i chi archwilio cynnwys un Lisa—mae gen i allwedd iddyn nhw i gyd.'

'Diolch yn fawr iawn i chi,' meddai'r Inspector. 'Mi ddo i draw ar unwaith.'

'Y llygedyn o oleuni hirddisgwyliedig, o bosib, syr,' meddai Rees wrth y Prif Gwnstabl ar derfyn y sgwrs, gan ailadrodd wrtho'r hyn oedd gan y prifathro i'w ddweud.

'Mae o'n swnio'n od braidd ynglŷn â'r athro 'na, Rees,' atebodd yntau. 'Gorau po gynta i rywun fynd yno, ddwedwn i. Yn y cyfamser, mae'n rhaid i mi gael gair â'r crwner. Mae Cenwyn Pughe wedi fy ffonio'n holi pryd y gellir rhyddhau corff ei ferch. Maen nhw eisio trefnu'r cynhebrwng. Druan â nhw!'

'Does dim gwrthwynebiad i ryddhau'r corff o'n hochr ni, syr,' meddai Rees, 'ac mae Doctor Morgan yn siŵr o fod wedi cwblhau'i archwiliadau.'

'Mi faset ti'n meddwl nad ydyn ni wedi bod yn gwneud dim ers dyddiau ond eistedd ar ein penolau,' meddai'r Inspector wrth Sarjant Price ar ôl iddo ddod allan o swyddfa'r Prif Gwnstabl.

'Fel 'na mae hi, syr,' cysurodd y sarjant. 'Oedd 'na rywbeth arbennig roedd o am i ni 'i wneud?'

'Pydru arni, chwedl yntau,' atebodd yr Inspector. 'Ac fe wnawn hynny . . . Cystal i ti aros yma i gadw golwg ar bethau,' ychwanegodd. 'Gofynna i D.C. Parry fynd draw i dŷ Darlington ac fe eith Non a minnau i'r ysgol. Cysyllta â mi ar unwaith os bydd angen.'

*   *   *

Arweiniodd yr ysgrifenyddes yr Inspector a Non draw at y locer a rhoi'r allwedd iddynt. 'Dyma chi, Inspector,' meddai. 'Unrhyw beth y gallwn ni wneud i'ch helpu, cofiwch . . .'

Roedd dau fag yn y locer—bag ysgwydd a bag ymarfer corff—a rhoddodd yr Inspector y bag ysgwydd i Non, gan archwilio'r llall ei hunan. Yn anffodus, gorfu i Non gydnabod, wedi iddi archwilio cynnwys y bag yn ofalus, nad oedd ynddo ddim i'w cynorthwyo yn eu hymchwil.

'Dydi o ddim yn edrych fel pe bai 'na fawr o ddim yn hwn 'chwaith,' ebe'r Inspector, gan dynnu'r dillad i gyd

allan ac ymbalfalu yng ngwaelod y bag. 'A!' meddai'n
sydyn. 'Sgwn i be 'di hwn?'

Fel y darllenai'r llythyr oedd yn ei law, sylwodd Non ar
arwydd o wên yn dechrau crynhoi o gylch ei wefusau—
rhywbeth a fuasai'n brin ers dyddiau—a phan gododdd ei
ben i siarad â hi, roedd y wên yn goleuo'i wyneb i gyd.

'O'r diwedd, Non,' meddai, 'mae'r drws yn gilagored.
Darllenwch hwn.'

'Peter Darlington a Meriel eto,' meddai hithau. 'Does
ryfedd yn y byd fod y brawd mor ddigroeso pan aethon ni
i'w dŷ. Roedd o'n siŵr o fod yn crynu yn 'i sgidiau.'

Prysurodd yr ysgrifenyddes tuag atynt gyda neges oddi
wrth Sarjant Price yn gofyn i'r Inspector gysylltu ag ef ar
unwaith. Aeth Non allan i'r car i gymryd y neges a
dychwelodd at ei phennaeth a'i gwynt yn ei dwrn. 'Mae
D.C. Parry'n methu cael ateb yn nhŷ Darlington, syr,'
meddai, 'ac mae'n ofni fod rhywbeth o'i le.'

'Fe awn ni yno ar unwaith,' atebodd yr Inspector, 'ond
mae 'na un peth sy'n rhaid i ni ei wneud cyn mynd: cael
golwg yn locer Darlington. Rhag ofn inni golli rhywbeth
a allai fod o gymorth inni.'

Ond eu siomi a gawsant. Doedd 'na ddim byd o bwys
yn y locer. 'Reit,' meddai'r Inspector. 'I 4 Clôs Hafren â
ni.'

Yn ystod y daith, cysylltodd â'r pencadlys i ofyn i Sarjant
Price ddod i'w cyfarfod, a phan gyraeddasant roedd yntau
yno o'u blaenau, yn sgwrsio â D.C. Parry.

'Pam dach chi'n amau fod rhywbeth o'i le, Parry?'
gofynnodd Rees.

'Dim byd arbennig y galla i roi 'mys arno, syr, ond mae
'nhrwyn i'n dweud nad yw pethau fel y dylen nhw fod.'

'Wel, gadewch inni weld sut drwyn sy gynnoch chi, Parry!' meddai'r Inspector. 'Mae'n bur debyg fod y brawd wedi hel ei draed,' ychwanegodd, gan ddatgelu cynnwys y llythyr a ddarganfu yn locer Lisa i'r ddau arall. 'Gorau po gynta inni ganfod y gwir.'

Wedi methu cael ateb na llwyddo i weld dim drwy'r llenni oedd wedi'u tynnu'n dynn, aethant at ddrws y cefn, a llwyddodd Parry i dorri paen fechan ac agor y drws drwy roi'i law i mewn a'i ddatgloi. Yr Inspector aeth i mewn yn gyntaf a Sarjant Price yn ei ddilyn, a Non a Parry ar eu holau.

'Be aflwydd sy wedi digwydd fan hyn?' gofynnodd yr Inspector wedi iddynt agor llenni'r lolfa a gweld y llanast dychrynllyd yn yr ystafell; edrychai'n union fel pe bai storm wedi chwipio drwyddi.

'Mae 'na gwffas enbyd wedi bod, mi faswn i'n dweud, syr,' meddai Price.

'Syr, dewch yma ar unwaith!' galwodd Non yn sydyn, wedi iddi fod yn chwilota o amgylch yr ystafell. 'Darlington, syr,' meddai wedyn, gan bwyntio at gorff yr athro a orweddai yng nghysgod y setî, ei waed wedi sychu'n ddu dros ochr ei wyneb ac ar y carped o dan ei ben.

'Fflamio!' ebychodd Rees yn flin. 'Rhy ddiweddar, a'r drws wedi'i gau yn ein hwynebau.'

'Go brin y bydde neb wedi rhag-weld hyn, syr,' meddai Non, mewn ymgais i'w gysuro.

'Rhag-weld pethau fel hyn ydi'n gwaith ni,' atebodd yntau'n flin. 'Mae rhywun mwy cyfrwys na ni wedi bod yma o'n blaenau.' Plygodd i archwilio'r corff. 'Yn ôl pob golwg,' ychwanegodd, 'mi faswn i'n dweud ei fod wedi marw ers deuddydd . . . Price, ffoniwch H.Q. a gofynnwch iddyn nhw gysylltu â Doctor Morgan ac anfon y criw arferol yma . . . Ewch chithau'ch dau i archwilio'r stafelloedd eraill,' meddai wrth Non a Parry.

Tra oedd y tri wrthi, aeth Rees ei hun o amgylch yr ystafell a'i chwilio'n fanwl cyn troi'n ôl at y corff. Rhwng y setî a phen yr athro gwelodd y pocer efydd. Penliniodd i gael golwg fanylach arno ond ni chyffyrddodd ag ef. Dyna'r erfyn, yn siŵr, meddyliodd.

Dychwelodd Non a Parry ac adrodd nad oedd dim o'i le yn yr ystafelloedd eraill.

'Mae'n bur amlwg felly,' meddai'r Inspector, 'nad lladron sy wedi bod yma, ond bod 'na gythgam o gwffast wedi bod cyn i'r llofrudd lwyddo yn ei fwriad. O leia, fe adawodd ei erfyn ar ôl, yn ei ffrwst, yn ôl pob golwg.'

Cyn bo hir roedd y byngalo'n ferw gwyllt—gwŷr yr adran fforensig a'r ffotograffwyr yn brysur wrth eu gwaith a dynion y C.I.D. wedi'u hanfon o amgylch y tai eraill yn y Clôs i holi'r perchenogion a oeddent wedi digwydd sylwi ar unrhyw beth allan o'r cyffredin yn ystod y ddeuddydd diwethaf.

Gwyliai'r Inspector yn amyneddgar tra oedd Doctor Morgan yn archwilio'r corff. Gwyddai mai pwyll ac nid brys oedd arwyddair y patholegydd. 'Wel, Inspector,' meddai toc, a hanner gwên ar ei wyneb, 'os parheir i ladd athrawon fel hyn, mi fydd gan awdurdod addysg y sir gythgam o broblem staffio!'

'Nid nhw'n unig fydd â phroblem,' atebodd Rees yn swta.

'Nage, debyg,' cytunodd y patholegydd, yn fwy difrifol. 'Pryd y buo Darlington farw 'di'r cwestiwn cynta yr hoffech chi gael ateb iddo, mae'n debyg, yntê? Wel . . .

wedi archwiliad arwynebol, mi faswn i'n dweud ei fod wedi marw ers deugain awr o leia. Mi gewch wybodaeth fanylach wedi'r trengholiad. Y pocer efydd 'na oedd yr erfyn, yn ôl pob tebyg,' ychwanegodd, 'er bod 'na un neu ddau o bethau ynghylch y clwyfau sy'n peri 'chydig o ddryswch i mi ar hyn o bryd. Fe gawn ni weld . . .'

'Be'n union sy'n peri'r dryswch, Doctor?'

'Wel,' atebodd, wedi peth oedi, 'mi faswn i'n dweud fod y llofrudd wedi defnyddio mwy nag un erfyn.'

'Os felly,' meddai'r Inspector, 'gorau po gynta inni gael hyd i'r ail. Sgynnoch chi ryw syniad pa fath o erfyn, Doctor? . . . Mae gen i resymau digonol dros ofyn,' ychwanegodd, wrth weld yr olwg amheus ar wyneb y patholegydd. 'Pan glyw'r Prif Gwnstabl am hyn, mi fydd yn gwybod cystal â minnau fod 'na berthynas rhwng y ddwy lofruddiaeth ac mae o ar 'y ngwar i eisoes am 'y mod i mor ara'n datrys y cynta—yn 'i farn o.'

'Wel . . .' meddai'r doctor, yn llawn cydymdeimlad, 'mi fentra i ddweud—*mentro*, cofiwch—mai ffon oedd yr erfyn arall. A dyna'r cyfan sgen i i'w ddweud ar hyn o bryd. Ddwedwn i ddim rhagor 'tai'r Prif Gwnstabl ei hun yn fy holi.'

Wedi i'r patholegydd ymadael ac i'r ffotograffwyr gwblhau'u gwaith, dechreuodd y gwŷr fforensig archwilio'r corff a gwagio poced i'i ddillad. Daeth un ohonynt draw at yr Inspector a gosod nifer o bethau ar y bwrdd o'i flaen, yn eu plith wats arddwrn aur. Roedd y gwydr wedi torri a'r bysedd wedi aros ar hanner awr wedi chwech.

'Wel,' meddai'r Inspector, 'dyna'r amser y digwyddodd y llofruddiaeth, boed fore neu hwyr . . .'

Daeth un arall â phelen o bapur iddo. 'Roedd hwn o dan ei ysgwydd dde, syr,' meddai.

Agorodd yr Inspector y belen yn bwyllog a chanfu mai llun ydoedd. Rhoddodd ef ar y bwrdd a cheisio esmwytháu'r rhychau ohono, ac yna mynd ag ef at y ffenest fel y gallai'i weld yn well. 'Drychwch ar y llun 'ma, Price,' meddai toc.

'Diddorol iawn, syr! . . . O weld rhwng y rhychau, fel petai, mi faswn i'n dweud mai criw o ferched ifanc ydyn nhw—merched ysgol, mwy na thebyg—a'r mwyafrif ohonyn nhw'n noethlymun.'

Galwodd yr Inspector ar un o'r ffotograffwyr. 'Ted,' meddai, 'rwy i am gael copi chwyddedig o'r llun 'ma gynted ag y bo modd a'r plygiadau wedi'u dileu hyd ag y mae'n bosib. Gadewch o yn fy swyddfa.' Trodd at Price. 'Be mae llun fel'na'n ei awgrymu i ti?' gofynnodd.

'Fe all awgrymu sawl peth, syr—falle mai criw'n ymwneud â phornograffiaeth ydi'r rhain, a'u bod wedi cweryla; neu falle bod Darlington wedi bod yn llwgr-wobrwyo rhywun a bod hwnnw wedi cael digon . . . neu bod tad un o'r merched 'ma wedi gweld y llun a phender-fynu rhoi cweir i'r boi, a phethau wedi mynd o chwith . . .'

'Wel, mae 'na ddigon o ddewis yn fanna,' meddai'i bennaeth, 'ond hyd y gwela i does 'run o'r awgrymiadau'n ein dwyn ni 'run gronyn nes i'w gysylltu â llofruddiaeth Lisa Pughe. Falle cawn ni ryw oleuni pellach pan welwn ni'r llun chwyddedig.'

Dychwelodd y rhai fu'n holi trigolion y Clôs i adrodd nad oedd neb wedi gweld unrhyw beth allan o'r cyffredin.

'Rhaid imi ddweud,' meddai Rees yn flin, 'nad oes neb yn mynd allan o'i ffordd i'n helpu . . . Fe awn ni'n tri drwy'r lle 'ma â chrib fân,' meddai wrth Price a Non wedi i bawb arall gilio.

Ymysg y llyfrau yn y lolfa daethant ar draws sawl albwm yn cynnwys lluniau o ferched ifanc, y rhan fwyaf ohonynt yn noeth.

'Wir i ddyn!' meddai Price. 'Mi oedd hwn yn cymryd 'i waith fel athro celf o ddifri. Sgwn i ble'r oedd o'n cael 'i fodelau?'

'Merched ifanc o'r ysgol ydi rhai ohonyn nhw, ddwedwn i,' meddai Non. 'Fe âi'r prifathro'n gandryll o'i go petai o'n gweld y rhain!'

'Mi ddangosa i nhw iddo fo yn y man,' meddai'r Inspector, 'i weld a ellith o enwi rhai ohonyn nhw!'

O'r diwedd daethant i ystafell fechan oedd wedi'i haddasu ar gyfer datblygu lluniau, ymysg pethau eraill.

'Mi faswn i'n dweud nad oedd o'n brin o arian,' meddai Non, 'o feddwl am foethusrwydd y tŷ 'ma a'r holl offer sydd yn fan hyn.'

Roedd un o'r cypyrddau yn yr ystafell yn llawn tuniau o bob math. Agorodd yr Inspector un ohonynt a rhoi'i fys yn y powdr gwyn.

'Ych-a-fi! Powdwr talc!' meddai, a'i boeri allan o'i geg.

Cydiodd mewn tun arall: powdwr eisin oedd yn hwnnw.

'Siwgr eisin a phowdwr talc,' ebe Non. 'Da i ddim i ddatblygu lluniau, reit siŵr.'

'Na, go brin,' cytunodd y pennaeth. 'Ond yn ddigon defnyddiol i'w cymysgu â chyffur i'w ymestyn er mwyn gwneud rhagor o elw.'

Ar hynny, daeth y sarjant â dau gwdyn plastig y cawsai hyd iddynt mewn drôr cuddiedig o dan y ddesg. 'A dyma'r cyffur, yn ôl pob tebyg, syr,' meddai, yn dangos y powdr llwydwyn i'r Inspector.

'Heroin, yn ddi-os,' meddai. 'Roedd gan y gwalch fys

mewn llawer potes. 'Tai o'n fyw mi fydde ganddo gryn
dipyn o gwestiynau i'w hateb.'

'Am ba un o'i gamweddau y cafodd o'i lofruddio, sgwn
i?' holodd Non. 'Am gamddefnyddio merched ifanc, ynte
am wrthod gwerthu cyffur?'

'Amser a ddengys,' ebe'i phennaeth. 'Ar hyn o bryd,
dydyn ni fawr nes at ddarganfod ei lofrudd.'

'Syr, drychwch ar hwn,' meddai Non, gan ddangos llun
criw o hipis ar lan y môr yn rhywle i'r Inspector.

'Be sy mor arbennig ynglŷn â fo?'

'Wel, Meriel Pughe ydi hon yn y canol fan hyn, syr,'
meddai, yn pwyntio tuag ati.

'Meriel Pughe?' ebe'r Inspector, a thinc o obaith yn ei
lais. 'Wyddwn i ddim eich bod yn 'i nabod hi.'

'Dangosodd Ella'r forwyn un llun ohoni i mi i'n
helpu i ddod o hyd iddi.'

'Dyna'i chysylltu'n bendant â Darlington, felly,'
meddai Rees. 'A chadarnhau tystiolaeth y llythyr a gafodd
Lisa ganddi. Mae'n ymddangos fod rhywun wedi pender-
fynu fod yr athro'n fan gwan yn ei gynllwyn i ddosbarthu
cyffuriau ac wedi penderfynu cael gwared ag o. Biti na
fydde'r prifathro wedi cofio am locer Lisa ynghynt, ond
dyna fo, trannoeth wedi'r digwydd ydi hynny bellach.'

'Mi fentra i 'mhen fod Cenwyn Pughe yn y cawl 'ma'n
rhywle,' meddai Price.

'Does fawr o amheuaeth ynghylch hynny,' cytunodd
Rees. 'Y cwestiwn mawr ydi ym mha ffordd?'

'Wel, mi ddylai fod yn haws cael hyd i wersyll yr hipis
'na rŵan, beth bynnag, a ninnau wedi gweld llun ohono,'
meddai Non.

'Dylai, wir,' atebodd yr Inspector. 'A gorau po gynta y
down ni o hyd i Meriel, greda i—yn ôl pob golwg gallai

hithau fod mewn peryg. A pheth arall, mae'n amlwg
bellach fod cyffuriau'n chwarae rhan go fawr—os nad y
rhan bwysica—yn y ddrama yma.'

9

Roedd hanner dwsin o gopïau chwyddedig o'r llun a
ganfuwyd o dan gorff Darlington ar ddesg yr Inspector
pan ddychwelodd i'w swyddfa'n ddiweddarach. Fe'u
hastudiodd yn ofalus ac yna rhoddodd gopi'r un i Sarjant
Price a Non. 'Drychwch a ydach chi'n nabod rhywun ar
wahân i Meriel Pughe,' meddai. 'Fe allai hynny fod o
gymorth inni.'

Ond, er mawr siom iddo, doedden nhw ddim yn
adnabod yr un o'r merched.

'Mae'n edrych yn debyg i mi, syr,' meddai Non, 'fod y
llun yma wedi'i dynnu tua phedair blynedd yn ôl. Criw
chweched dosbarth yr ysgol, y rhai y soniodd Miss Breeze
amdanyn nhw. Mi ddylai *hi* wybod pwy ydyn nhw.'

'Dylai, wrth gwrs,' cytunodd Rees. 'Cerwch i ddangos
y llun iddi, Non . . . A thra byddwch chi'n gwneud hynny
mi rown ninnau'r gwaith o leoli'r gwersyll yn y llun arall
ar y gweill.'

*   *   *

Ni chafodd Non fawr o drafferth i drefnu cyfweliad â'r
ddirprwy brifathrawes a phan gyrhaeddodd yr ysgol fe'i
derbyniwyd yn gwrtais gan un o'r genethod a'i thywys i
swyddfa Miss Breeze.

'Maddeuwch i mi am eich poeni unwaith eto, Miss Breeze,' ymddiheurodd Non, 'ond mae un mater y credwn y gellwch chi fod o gymorth mawr inni gydag ef.'

Eglurodd Non hanes canfod corff Darlington a hefyd y llun o'r merched. 'Fe fydden ni'n ddiolchgar pe baech yn edrych ar gopi o'r llun i weld a ydych yn nabod rhai o'r merched . . .'

'Ei lofruddio gafodd Peter felly hefyd,' meddai Miss Breeze ar ei thraws. 'Mae'r peth fel hunlle! Dau o'n hathrawon yn cael eu llofruddio o fewn ychydig ddyddiau i'w gilydd. Be ar y ddacar ydi'r rheswm am beth mor ofnadwy?'

'Mae'n bur debyg erbyn hyn fod cyffuriau â rhan fawr yn y cynllwyn.'

'Lisa a Peter yn ymhél â chyffuriau!' meddai'r ddirprwy brifathrawes. 'Mae'n anodd iawn gen i gredu hynny.'

'Falle'ch bod chi'n iawn ynglŷn â Lisa,' meddai Non, 'ond mae gennym brawf digamsyniol fod Peter Darlington yn ymhél â nhw, a mwy na hynny ei fod yn denu merched ifanc i wneud hefyd.'

Roedd yn amlwg fod yr athrawes wedi'i chynhyrfu'n arw gan yr hyn a ddadlennodd Non. 'Dwn i ddim be i'w ddweud, wir,' meddai. 'A be ar y ddaear ddywed y prifathro . . . a'r llywodraethwyr!'

'Does dim bai arnoch chi na'r ysgol am weithredoedd Darlington, Miss Breeze. Mi fu'n gyfrwys iawn wrth ei waith, a falle'i bod yn dda o beth fod hyn wedi digwydd. O leia fe gawn ni gyfle i ddal un criw sy'n dosbarthu cyffuriau. Dyma'r llun yr hoffwn i chi edrych arno,' meddai, a rhoes y llun ar y ddesg o'i blaen, gan deimlo braidd yn swil gan fod Miss Breeze yn hŷn na hi, ac yn ddibriod. Ond cydiodd yr athrawes yn y llun a'i astudio'n gwbl ddigynnwrf.

'Llun diddorol iawn,' meddai. 'Mae o'n dweud llawer am Peter, yn dydi?'

'Ellwch chi enwi rhai o'r merched, os gwelwch yn dda, Miss Breeze?'

'O gallaf,' atebodd hithau. 'Dydi o ddim mor hen â hynny: tua phedair oed, ddwedwn i, a merched y chweched dosbarth arbennig hwnnw ydyn nhw i gyd ond dwy. Roedd y rheini wedi gadael yr ysgol y flwyddyn cynt.'

'A'u henwau, Miss Breeze?'

'Fe enwais i Elan Turner a Cynthia Jenkins y tro diwetha,' meddai'r athrawes, ac aeth ymlaen i enwi'r gweddill, Meriel Pughe yn eu plith. 'Rwy'n siŵr fod y rhan fwyaf ohonyn nhw wedi priodi ac yn magu plant, bellach . . . Dyna Megan Stephens,' ychwanegodd, gan bwyntio ati, 'un o'r rhai a adawodd yr ysgol o dan gwmwl. Mi fu 'na dipyn o stŵr yn ei chylch ar ôl hynny hefyd. Mi gafodd blentyn ac fe aeth ei mam a hithau i ffwrdd o'r ardal.'

'Felly wir,' meddai Non. 'Oes 'na unrhyw beth arall y gellwch ei ychwanegu . . . am Peter Darlington, falle?'

'Fawr iawn,' atebodd Miss Breeze. 'Yn ôl yr hyn sydd wedi'i ddadlennu rwy'n sylweddoli nad oeddwn i, mwy na neb arall o'r staff, yn nabod fawr ddim arno. Ar wahân i'r ffaith fod y rhan fwya o'r merched yn ffoli arno. Ond mae rhywun yn disgwyl hynny i raddau mewn perthynas ag athro celf, yn enwedig ac yntau'n olygus hefyd, fel roedd Peter.'

'Mae'n debyg fod hynny'n wir,' cytunodd Non. 'Wel, os digwydd ichi gofio am unrhyw beth arall, byddem yn ddiolchgar pe baech yn cysylltu â ni.'

Tra oedd Non yn holi Miss Breeze aeth Sarjant Price draw i faes carafanau'r Hebog i gael sgwrs hefo'r goruchwyliwr.

'Oes 'na unrhyw ddatblygiad ynglŷn â llofruddiaeth Miss Pughe?' holodd Turner ar unwaith. 'Hynny ydi, os mai dyna oedd o mewn gwirionedd?' prysurodd i ychwanegu.

'Does dim amheuaeth am hynny bellach, Mr. Turner,' atebodd y sarjant. 'Mae pethau'n datblygu'n araf a'n hymchwiliadau'n symud i fwy nag un cyfeiriad. Dyna pam y dois i heibio, a dweud y gwir. I holi tybed a oeddech wedi cofio unrhyw beth arall am y gŵr a ddaeth yma hefo Miss Pughe. Mae'r brawd yn para'n dipyn o ddirgelwch. Roedd y cyfeiriad a roddodd o ym Manceinion yn un ffug. Ŵyr yr heddlu yno ddim amdano.'

'Mae'n ddrwg gen i ddeall hynny, sarjant,' meddai Turner, 'ond dyna'r cyfeiriad a roddodd o i mi. Does gen i ddim i'w ychwanegu, mae arna i ofn. Be am y gyrrwr tacsi?'

'Does 'run o gwmnïau tacsis y dre'n gwybod dim amdano.'

'Rhaid cydnabod fod hynny'n od, a dweud y llcia . . .' ebe Turner.

'Ydi,' cytunodd Price, 'lawn mor od â'r ffaith fod ffrind i Miss Pughe wedi'i lofruddio hefyd.'

'Bobol bach!' ebychodd Turner. 'Pwy, felly, a phryd?'

'Peter Darlington, cyd-athro yn yr ysgol yn Abermorlais. Fe ganfuwyd ei gorff ddoe. Falle'ch bod chi'n ei nabod o?'

'Na,' atebodd Turner, 'alla i ddim â dweud 'mod i. Od iawn i ddau athro o'r un ysgol gael eu llofruddio. Tybed oes a wnelo rhywun o'r ysgol rywbeth â fo . . . rhyw helynt carwriaethol falle?'

'Go brin, debygwn i, Mr. Turner,' ebe'r sarjant. Tynnodd gopi o'r llun a ganfuwyd ym myngalo Darlington o'i boced a'i ddangos i'r goruchwyliwr. 'Ydych chi'n digwydd nabod rhywun yn y llun yma?' gofynnodd.

Edrychodd y goruchwyliwr arno am ychydig cyn ei roi'n ôl i Price. 'Na,' atebodd. 'Maen nhw'n ddiarth i mi. Mae'n amlwg fod pwy bynnag a'i tynnodd yn cael pleser mawr o weld merched noeth—rhywun â meddwl afiach, ddwedwn i.'

'Falle hynny,' meddai Price. 'Ro'n i wedi gobeithio y byddech chi'n nabod rhai ohonyn nhw. Mae casglu gwybodaeth yn yr achosion yma fel ceisio aur ar draeth Abermorlais . . . Dyna ni am y tro, felly, Mr. Turner. Cysylltwch â ni os cofiwch chi rywbeth a allai'n cynorthwyo. Da bo chi.'

Wedi gadael y maes carafanau penderfynodd Price roi cynnig arall ar sugno gwybodaeth allan o'r cyn-arolygydd Stephens, gan obeithio y byddai gwell hwyl arno erbyn hyn. Gadawodd ei gar ym maes parcio'r pencadlys a cherdded tua chanol y dref.

Roedd yn byw yn Abermorlais ers blynyddoedd ac yn hoff iawn o'r hen dre—tre farchnad yn bennaf, ond tre a orlifai o ymwelwyr yn ystod yr haf. Mwynhâi fynd i lawr i'r harbwr bychan a gwylio'r pysgotwyr lleol yn glanio'u cychod pysgota; câi ddychwelyd adre'n aml â lleden neu facrell ffres yn rhodd gan rywun ohonynt.

Roedd Stryd Fawr y dre fel asgwrn cefn y mecryll a ddelid yn y bae, gyda strydoedd llai, culion yn ymestyn oddi arno. Rhannwyd y Stryd Fawr tua'i chanol gan sgwâr y farchnad a phob dydd Sadwrn yn gyson fe'i llenwid â stondinau o bob math yn gwerthu pob math o geriach. Nid hi oedd prif dre'r sir ond roedd yn ddigon o faint i haeddu pencadlys heddlu pur fawr ac ysbyty lleol modern.

Cerddodd Price i fyny'r stryd yn hamddenol. Roedd hi'n tynnu at ddiwedd Hydref—ei hoff adeg o'r flwyddyn —pan oedd yr ymwelwyr wedi cilio a'r dre'n eiddo i'w thrigolion am y gaeaf. Cyfarchodd sawl un wrth fynd heibio cyn troi i mewn i stryd gul, fechan, ac aros y tu allan i swyddfa Stephens, ymchwilydd preifat. Golwg pur ddilewyrch oedd arni, ac amheuai Price a oedd Stephens mor brysur ag yr hoffai i bobl feddwl ei fod.

Camodd i mewn i'r ystafell allanol lle'r oedd merch o glerc wrthi'n brysur yn teipio llythyr. Aeth ymlaen â'i gwaith am ychydig, heb godi'i phen i weld pwy oedd wedi torri ar ei thraws.

'Sarjant Price!' meddai o'r diwedd. 'Be sy wedi'ch gyrru chi i aflonyddu ar waith dynes brysur?'

'Mae bron â bod yn amser cinio arnoch, Susan,' atebodd, 'ond o ran hynny, go brin fod gynnoch chi amser i fwyta, yntê?' ychwanegodd, a'i wên yn dileu brath ei eiriau. 'Ydi'r giaffar i mewn?'

'Ydi,' atebodd y ferch, gan ychwanegu'n dawelach, 'ac mae tymer y cyth arno. Ydych chi am 'i weld o?'

'Cystal imi fentro,' meddai Price, 'gan imi ddod cyn belled.'

Cysylltodd Susan â'i phennaeth drwy'r cyfathrebydd, a chlywodd y sarjant ei lais main yn ateb:

'Rwy'n gythgam o brysur, ond mi gaiff ddau funud.'

Cododd Susan ei haeliau ar Price a chrychu'i thrwyn, ac yna amneidiodd i gyfeiriad y drws i'r swyddfa fewnol.

Eisteddai Stephens wrth ei ddesg heb unrhyw arwydd o groeso ar ei wyneb.

'Mae'n ddrwg gen i dorri ar eich traws a chithau mor brysur, Mr. Stephens,' ymddiheurodd Price. 'Chadwa i mohonoch chi'n hir.'

'Mi faswn i'n tybio fod gynnoch chi fwy na digon i'w wneud hefo dwy lofruddiaeth i'w datrys, heb fod ag amser sbâr i boeni dyn wrth ei waith,' ebe Stephens yn anfoesgar.

'Wel, ynglŷn â'r rheini rydw i wedi galw, a dweud y gwir,' atebodd Pughe yn amyneddgar. 'Meddwl y gallech chi roi rhywfaint o gymorth inni . . .'

'Nid ynglŷn â llofruddiaeth merch Pughe, gobeithio?' meddai Stephens ar ei draws yn swta.

'Mi faswn i'n tybio y bydde unrhyw dditectif gwerth ei halen, boed breifat neu fel arall, yn barod i gynorthwyo mewn achosion o lofruddiaeth,' atebodd Price yr un mor swta, wedi'i gythruddo gan agwedd ddi-hid Stephens. 'Pam dach chi mor wrthwynebus i Pughe yn 'i brofedigaeth? Mi faswn i'n tybio mai testun tosturi ydi o a'i wraig.'

''Musnes i 'di hynny,' atebodd Stephens. 'Dydw i ddim yn addoli'r llo aur Pughe fel rhai . . . Sut medra i'ch helpu chi?'

Tybiodd Price mai doeth fyddai iddo gwblhau'r hyn a fynnai ar fyrder cyn iddo yntau golli'i limpin. Rhoes y llun chwyddedig o'r merched ar y ddesg o flaen Stephens. 'Ydych chi'n digwydd nabod unrhyw un o'r merched 'ma?' holodd.

'Fuo gen i 'rioed fawr o ddiddordeb mewn merched noeth,' meddai Stephens gan gymryd cip ar y llun a'i daflu'n ôl ar draws y ddesg. 'Lle cawsoch chi afael ar hwnna?'

'O dan gorff Peter Darlington,' atebodd Price, gan hanner gobeithio cael rhywfaint o adwaith.

'Un o'r rheini oedd o?' meddai Stephens. 'Ro'n i'n amau'i fod o braidd yn od.'

'Ydych chi'n nabod rhai o'r merched 'ma?' gofynnodd Price, am yr ail waith.

'Fel mae'n digwydd,' atebodd Stephens, 'rydw i'n nabod dwy: Cynthia Jenkins, mae honno wedi mynd o'r ardal 'ma ers cwpwl o flynyddoedd, a'r llall—fel y gallech chi dybio—ydi Meriel Pughe.'

'Pam "fel y gallech chi dybio"?' holodd y sarjant.

'Yn ôl pob tystiolaeth mae hi gymaint am y bois ag y mae'i thad am y merched . . . Dyna'r cyfan sy gen i i'w ddweud.'

Derbyniodd Price yr awgrym.

'Mi faswn i eisio can mil y flwyddyn i weithio i hwnna,' sibrydodd yng nghlust y clerc ar ei ffordd allan.

*   *   *

Yn eu hymgynghoriad arferol ar derfyn y dydd, derbyniodd Inspector Rees adroddiadau gan wahanol aelodau'r adran yn dilyn eu hymchwiliadau, gyda Non a Sarjant Price yn eu mysg. Derbyniwyd un newydd calonogol: llwyddwyd i adnabod y fan lle y tynnwyd y llun o'r hipis y cafwyd hyd iddo yn nhŷ Darlington. Ynys fechan ydoedd ger pentref glan môr Llanfor, oddeutu deng milltir ar hugain i lawr yr arfordir o Abermorlais.

'Rhaid inni drafod beth i'w wneud ynglŷn ag ymweld â'r ynys ddiwedd y cyfarfod yma,' meddai'r Inspector wrth Price. 'Ond gawn ni'ch adroddiad chi gynta?'

Rhoes y sarjant adroddiad o'i ymweliad â Turner a Stephens. 'Doedd Turner yn nabod neb yn y llun,' meddai, 'ond roedd Stephens yn nabod dwy—Cynthia Jenkins a

101

Meriel Pughe. Pan ffoniais i Stephens y tro cynta i ofyn am ei gymorth,' ychwanegodd, 'mi dybiais i mai rhyw gweryl fach oedd wedi bod rhyngddo ef a Pughe ond wedi'r ymweliad heddiw, mi faswn i'n dweud ei fod yn mynd yn llawer dyfnach na hynny. Dwi wedi clywed llawer o straeon, wrth gwrs, ond mae'n siŵr fod 'na lawer o bethau na ddaethant i'r wyneb wedi ymddeoliad gorfodol Stephens.'

'A hynny, mae'n debyg, er mwyn osgoi mwy na mwy o sgandal,' ebe'r Inspector. 'Digwyddodd yr helynt cyn i mi symud o Gaerfyrddin. Mi ofala i'n bod ni'n cael golwg ar y ffeil. Fe ddylai hynny'n helpu ni . . . Rŵan, Non, be sy gynnoch chi?'

'Mae 'na un peth sy'n 'y nharo i'n od iawn, syr,' meddai. 'Sut na fase Turner a Stephens wedi nabod Elan a Megan, 'u plant eu hunain? Yn ôl Miss Breeze, mae'r ddwy yn y llun—ac mae hi'n siŵr o'i phethau, ddwedwn i.'

'Rhaid cydnabod fod hynna'n od *iawn*,' cytunodd ei phennaeth. 'Pam na wnaethon nhw gyfadde, tybed?'

'Cwilydd, falle,' awgrymodd Price. 'Pa dad fydde eisio cydnabod fod ei ferch yn barod i'w dinoethi'i hun fel'na. Mae gen i ddwy ferch fy hun, ac mi fydde'n anodd gen i feddwl amdanyn nhw'n gwneud peth felly.'

'Dydi hynny ddim yn amhosib, wrth gwrs,' cytunodd yr Inspector, 'ond wela i fawr o bwynt mewn dal i drio celu'r peth 'chwaith—wedi'r cyfan, mae bron i bedair blynedd wedi mynd heibio erbyn hyn. Na . . . mae 'na fwy tu cefn i'r peth na hynna, greda i . . .'

'Falle nad oedden nhw am i'r ddwy gael eu cysylltu ag achos o lofruddiaeth,' awgrymodd Non.

'Mae'n ddigon hawdd cynnig rhesymau,' meddai Rees,

'ond mae'n rhaid i ni geisio canfod yr un iawn. A dyna reswm arall dros durio i'r gorffennol.'

'A be am Cenwyn Pughe, syr? Mae a wnelo dwy o'i ferched o â'r achos.'

'Digon gwir,' cytunodd ei bennaeth. 'Mi ofala i y bydd o'n cael cyfle i edrych ar y llun, i weld beth fydd ei ymateb . . . Mi adawn ni bethau'n fanna am rŵan,' ychwanegodd.

Arhosodd Sarjant Price a Non ar ôl y gweddill i drafod gyda'r Inspector y cam nesaf ynglŷn â'r ymweliad â'r ynys.

'Be am yrru criw i lawr i sgubo drwy'r lle?' awgrymodd Non.

'Na,' meddai'r Inspector yn bendant. 'Pwyll piau hi . . . fe allai hynny wneud fwy o ddrwg nag o les. Yn ara deg mae dal iâr. Mae 'na beryg inni gynhyrfu gormod ar y dyfroedd a cholli cyfle i rwydo'r criw 'ma sy'n mewnforio cyffuriau i'r cylch. Mae 'na arwyddion fod hynny'n mynd ymlaen ers tro bellach a ninnau'n methu cael fawr o wybodaeth, ond mae gen i ryw deimlad ym mêr fy esgyrn ein bod ni, o'r diwedd, ar ymylon y cynllwyn.'

'Ond be am y peryg i Meriel, syr?' gofynnodd Non.

'Rwy'n ymwybodol o hynny,' atebodd Rees, 'ond, yn anffodus, un yw hi, o'i chymharu â channoedd o bosib, a allai gael eu rhwydo petai'r cynllun cyffuriau 'ma'n llwyddo. Mi a' i i lawr i'r ynys fy hun a bwrw ambell bluen ar wyneb y dŵr i weld be fydd yr ymateb.'

'Oes 'na rywfaint mwy o wybodaeth wedi dod i'r fei ynglŷn â Darlington?' gofynnodd Non.

'Dyna un arall y mae'n anodd gythgam cael gwybodaeth amdano,' atebodd Rees. 'Y cyfan a wyddom hyd yma yw 'i fod o'n greadur dideulu sobor a bod ei wreiddiau rywle yng Nghaint. Hynny ydi, ar wahân i'r ffaith 'i fod o yng nghanol y picil cyffuriau 'ma'n rhywle . . . Dyna ni 'te,' ochneidiodd, 'rhaid pydru arni, chwedl y chief.'

Wedi i'r ddau ei adael cydiodd yr Inspector yn adroddiad Doctor Morgan, yn dilyn y trengholiad ar gorff Peter Darlington. Swm a sylwedd yr adroddiad oedd iddo gael ei ladd â dwy ergyd galed â'r pocer efydd, dwy ergyd oedd wedi malu un ochr i'w benglog yn yfflon yn ogystal ag ochr ei wyneb. Ond yr hyn oedd fwyaf diddorol i'r Inspector oedd i'r patholegydd ganfod dau sglodyn bychan o bren wedi'u gwthio i asgwrn y benglog gan ergydion y pocer efydd, yn cadarnhau amheuon y patholegydd fod Darlington wedi cael ei daro ynghynt ag erfyn gwahanol —ffon er enghraifft. Roedd yna hefyd dystiolaeth yng ngwaed yr athro ei fod yn ymhél â chyffuriau.

Pendronodd yr Inspector uwchben yr adroddiad. A gafwyd dwy ymgais i'w lofruddio gan ddau berson gwahanol, tybed—a'r cynta'n defnyddio ffon? Neu oedd y ddau'n cydweithio . . . ac os felly, pwy oedden nhw, a beth oedd eu cymhellion? Roedd pob ffordd yn arwain i Rufain, yn ôl yr hen air. Ac ar hyn o bryd roedd popeth fel petai'n pwyntio i gyfeiriad Cenwyn Pughe. 'Reit, Pughe amdani felly,' meddai'r Inspector, gan godi ar ei draed.

*   *   *

Derbyniad oeraidd iawn a gafodd yr Inspector gan Pughe pan gerddodd i mewn i'w swyddfa yn y dre.

'Inspector,' meddai, 'rhwng popeth, mi rydw i hyd at fy ngwddf mewn gwaith a thrafferthion. Ac ar ben hynny, dydw i ddim yn hoffi'ch bod chi'n ymweld â mi yn fy swyddfa. Mae hi'n hwyr a'r merched ar fynd adre . . .'

104

'Mae'n ddrwg gen i os ydw i wedi galw ar adeg anghyf-leus, Mr. Pughe,' ymddiheurodd Rees, 'ond ro'n i dan yr argraff fod datrys dirgelwch llofruddiaeth Lisa a sicrhau diogelwch Meriel yn hollbwysig i chi a'ch priod ar hyn o bryd.'

'Mi rydw i wedi dweud eisoes, Inspector, nad oes angen ichi bryderu ynghylch Meriel na fy atgoffa am Lisa. Ni wyr orau faint ein gofid.'

'Dichon hynny, Mr. Pughe,' atebodd Rees, 'ond mae'n rhaid ichi gofio fod gan yr heddlu'u gwaith hefyd a bod pwyso garw arnom i ddatrys y ddwy lofruddiaeth 'ma. Mae'n bosib iawn fod cysylltiad cydrhwng llofruddiaeth Peter Darlington ac un eich merch.'

'Dydw i ddim yn gweld sut y gall hynny fod, Inspector,' atebodd Pughe, 'ond gan eich bod chi yma, cystal ichi eistedd. Sut y galla i'ch helpu?'

Derbyniodd Rees y gwahoddiad cyndyn. 'Oeddech chi'n gyfarwydd â Peter Darlington?' holodd.

'Ddim felly,' atebodd Pughe. 'Fe ddigwyddais gwrdd ag ef nifer o weithiau drwy Lisa. Pam dach chi'n holi?'

'Oedd o'n ffrindiau hefo'ch merch Meriel?' holodd Rees ymhellach, gan anwybyddu'r cwestiwn.

'Meriel!' meddai Pughe, fel petai wedi'i synnu gan yr ymholiad. 'Be ar y ddaear sy a wnelo hi â'r ymchwiliad i lofruddiaeth Darlington. Doedden nhw ddim o'r un to.'

Oedodd Rees cyn dweud dim ymhellach ac yna tynnodd y llun o'i boced a'i osod ar y ddesg o flaen Pughe. 'Mr. Pughe,' meddai, 'dyna gopi chwyddedig o lun a ganfuwyd o dan gorff Peter Darlington.'

Cydiodd Pughe yn y llun yn anfodlon a'r Inspector yn ei wylio fel cath yn gwylio llygoden. Gwelodd law Pughe yn dechrau crynu a pheth o'r gwrid yn cilio o'i wyneb.

'Mae'n amlwg, Mr. Pughe,' meddai, 'eich bod wedi nabod rhywun yn y llun.'

'Dydw i ddim yn deall eich bwriad, Inspector, nac yn hoffi'ch dulliau chi,' protestiodd Pughe, 'ond mae'n rhaid imi gyfadde fod Meriel ymhlith y criw rhyfedd yma. Fe gafodd y beth fach ei thynnu i mewn i gynllwynion rhai mwy profiadol na hi. Ond be sy a wnelo hynny â llofruddiaeth Darlington? Mae'r llun 'ma'n hen ddihenydd . . .'

'Falle hynny, Mr. Pughe,' meddai Rees, 'ond pam ei fod o o dan gorff yr athro? Ydych chi wedi gweld y llun o'r blaen?'

'Be dach chi'n ei awgrymu, Inspector?' gofynnodd Pughe, mor hyderus ag y gallai, er bod nerfau'i stumog yn gwasgu'n gwlwm.

'Dydw i'n awgrymu dim ar hyn o bryd, Mr. Pughe, dim ond gwneud ymholiadau cyffredinol a cheisio datrys sawl dirgelwch . . . Ydych chi'n berchen ffon, Mr. Pughe?'

'Ffon!' ebychodd yntau. 'Ffon! Dyna gwestiwn od! Mae gen i un neu ddwy yn y tŷ—nid 'mod i'n eu defnyddio'n aml. Pam dach chi'n holi?'

Unwaith eto anwybyddodd Rees y cwestiwn. 'Ble'r oeddech chi nos Lun, Mr. Pughe?' gofynnodd. 'Rhwng hanner awr wedi chwech a hanner awr wedi wyth, dweder?'

''Musnes i yw hynny,' atebodd Pughe.

'Fe all fod yn fusnes i ninnau hefyd, Mr. Pughe,' meddai Rees yn dawel, 'o ystyried bod mwy nag un cysylltiad rhyngoch chi, drwy'r merched, a Peter Darlington.' Tynnodd y llythyr a sgrifennodd Meriel i'w chwaer o'i boced a'i roi i Pughe. 'Sut yn y byd y gellwch chi ddweud nad oes cysylltiad rhwng llofruddiaeth Peter Darlington a chi?' holodd, wedi i Pughe gael cyfle i'w ddarllen. 'Ble'r oeddech chi nos Lun diwetha?'

'Inspector,' meddai yn y man. 'Rydych chi'n ŵr o'r byd ac fe wyddoch nad yw'n gyfleus i ŵr busnes ddatgelu ble mae o bob amser, ond fe alla i'ch sicrhau fod gen i dyst sy'n barod i ategu 'mod i gyda . . .'

Pwysodd yr Inspector ar ei gyfle, 'Gyda pwy, Mr. Pughe?'

'Mae'n anodd iawn i mi ddatgelu hynny,' atebodd yntau.

'Mater i chi yw'ch bywyd personol, Mr. Pughe, ond rydyn ni'n trafod dau achos o lofruddiaeth, ac mae'n bwysig imi gael gwybod ble'r oeddech chi nos Lun ac efo pwy?'

Ildiodd Pughe yn anfoddog. 'Efo Ann, merch y Prif Gwnstabl,' atebodd yn dawel. 'Roedden ni yn fy ngharafán ym maes yr Hebog.'

Ni ddangosodd yr Inspector unrhyw arwydd o syndod. 'A fydde hi'n barod i gadarnhau hynny, petai raid?'

'Rwy'n siŵr y gwnâi hi,' atebodd Pughe, 'ond gobeithio'n wir na fydd raid iddi. Meddyliwch am yr argraff a gâi ar ei thad pe dôi i wybod.'

Ia, meddyliodd Rees, heb sôn am dy wraig. 'Fe wnawn ni bopeth a allwn i beidio â datgelu'i henw,' meddai, 'ond mi fydd yn rhaid i mi gael cadarnhad personol o'r ffaith ichi'ch dau fod yn y garafán.'

'Rwy'n rhoi fy ngair ei bod hi yn y garafán tan hanner awr wedi wyth,' meddai Pughe, 'ac iddi fynd adre mewn pryd i agor y drws i chi.'

Gwyddai Rees na allai ond y hi neu'i thad fod wedi rhoddi'r wybodaeth yna i Pughe. 'O'r gorau,' ildiodd. 'Fe'i gadawn hi yn fan'na am y tro, ond os bydd raid inni wneud ymholiadau pellach ynghylch eich symudiadau yn nes ymlaen, fydd gen i ddim dewis ond gofyn iddi. Nawr ynglŷn â'r mater arall. Pam oedd Meriel dan yr argraff eich bod chi mewn rhyw fath o beryg a bod a wnelo Darlington â hynny?'

Oedodd Pughe eto cyn ateb. Gwyddai bod yn rhaid iddo ddethol ei eiriau'n ofalus iawn. 'Mi wyddoch, bellach, reit siŵr, Inspector, fod Meriel yn ymhél â chyffuriau ac mai dyna pam y mynnodd adael cartre. Mae'n ddigon posib ei bod yn ffwndro o dan eu . . . dylanwad ac na wyddai'n iawn beth roedd hi'n ei sgrifennu . . .'

'Nid dyna'r argraff y mae'r llythyr yn ei roi i mi. Fe aeth Meriel i gryn drafferth i'w sgrifennu a sicrhau'i fod yn cyrraedd pen ei daith. Pam mynd i'r fath drafferth os nad oedd hi'n credu'n wirioneddol eich bod mewn rhyw fath o beryg? Rwy'n gofyn eto, be sy ar gerdded?'

'Ac rwy innau'n dweud eto, Inspector, nad ydw i mewn unrhyw beryg. Falle bod y criw mae hi hefo nhw'n ceisio'i defnyddio i sugno arian allan ohonof i.'

'Ac eto, yn ôl eich tystiolaeth eich hun, mae hi'n iawn a dydi hi ddim yn bwriadu dod adre.'

Roedd yn amlwg i Rees erbyn hyn fod Pughe mewn cyfyng-gyngor ac na wyddai'n iawn beth i'w ddweud.

'Mae'n rhaid imi ddweud, Mr. Pughe,' meddai, 'fod eich atebion yn annigonol iawn. A dweud y gwir, fe ddylwn eich cymryd i mewn a'ch holi'n fanylach ac yn hirach o lawer.'

Roedd Pughe bron torri i lawr erbyn hyn. Erfyniodd ar yr Inspector i beidio â gwneud hynny. 'Os gwnewch chi, Duw yn unig a ŵyr be fydd yn digwydd i'm gwraig. Mi ro i 'ngair nad a' i'r un filltir o'r dre 'ma; cysylltwch â'r Prif Gwnstabl—mae o'n siŵr o 'nghefnogi.'

108

'Mi wna i ar un amod, Mr. Pughe,' mynnodd Rees, 'eich bod yn cytuno i mi gael gair ag Ann Hartwell Jones i gadarnhau'ch stori.'

Ildiodd Pughe; roedd yn falch o weld cefn yr Inspector. Arllwysodd fesur helaeth o whisgi iddo'i hun a mynd i eistedd wrth y ddesg. Bu yno am amser yn synfyfyrio.

Bu bron iddo neidio o'i gadair pan ganodd cloch y ffôn wrth ei benelin. Roedd pobman mor dawel â'r bedd ers meitin a'r merched wedi hen fynd adre.

'Cenwyn, Ann sy 'ma. Rwy'n galw o'r siop. Fe alwodd Inspector Rees, fel ro'n i'n cau. Mi wnes yr hyn a ofynnaist i mi ei wneud, ond paid byth â gofyn cymwynas i mi eto. Mae popeth ar ben rhyngon ni.'

Clywodd Pughe glic y derbynnydd yn cael ei sodro yn ei le ac roedd rhywbeth yn dyngedfennol yn ei sŵn. Gwnaeth yntau'r un modd. Cododd a mynd adre'n siomedig at ei wraig.

Trodd yr Inspector am adre hefyd, ar ôl cael gair ag Ann Hartwell Jones. Roedd wedi cael llond bol ac yn siomedig fod Pughe, i bob golwg, wedi'i drechu dros dro. Taniodd y car a gyrru i gyfeiriad ei gartref gan gysuro'i hun yn ei flinder y câi groeso yno gan wraig a wyddai am ei holl dreialon ac a gydymdeimlai ag ef. Edrychai 'mlaen at gael llond bol o fwyd maethlon a chwmnïaeth ei deulu annwyl a rhoes ochenaid o ryddhad.

10

Wedi noswaith o gwsg a chysur, roedd yr Inspector wrth ei waith yn ffres a chynnar. Ar ôl ymwneud â nifer o faterion a hawliai'i sylw ar unwaith, rhoes wybod i'w staff ei fod ar gychwyn i ymweld â'r ynys ger pentre Llanfor.

Roedd yn fore braf ac fel y gyrrai'r car allan o Abermorlais i gyfeiriad Llanfor rhyfeddai at liwiau'r hydref yn harddu'r wlad o'i gwmpas. Pan gyrhaeddodd o fewn golwg i'r pentre, arafodd ac aros ar lain o dir ar ben y rhiw serth a redai i lawr iddo. Estynnodd ei wydrau gwylio ac edrych i lawr ar y bae a'i draeth melyn a'r môr yn las a thawel o dan yr haul cynnar; edrychai'r ynys fechan yn hardd. Ymestynnai dwy golofn o fwg yn araf i'r awyr. Maen nhw ar eu traed yno, beth bynnag, meddai wrtho'i hun.

Teimlodd don o flinder yn chwalu drosto wrth feddwl ei fod yn gorfod croesi i'r ynys ar fore mor fendigedig i holi ynghylch merch oedd yng ngafael cyffuriau ac yn gysylltiedig â llofruddiaethau.

Ni fu'n hir cyn cyrraedd gwaelod y rhiw ac wedi troi heibio i fwth ffôn fe'i cafodd ei hun yn unig stryd pentre Llanfor, stryd yn cynnwys rhyw ddwsin o dai a'u hanner yn dai haf. Prin yr haeddai'r lle yr enw 'pentre', er bod yno siop fechan ynghyd â swyddfa bost. Er budd y ffermydd cyfagos a gwenoliaid yr haf, debyg, meddyliodd.

Arhosodd ger y cei a'r harbwr bychan a chamu allan o'r car i sefyll ar y lan gan syllu tua'r ynys. Angorwyd nifer o iotiau yn yr harbwr, wedi'u diddosi dros y gaeaf, ac yng nghysgod un ohonynt gwelodd gwch bychan a rhaff yn ymestyn ohono i bostyn o bren derw wedi'i dduo gan heli myrdd o aeafau a stormydd. Llaciodd y rhaff oddi ar y postyn a llwyddodd i dynnu'r cwch at wal y cei fel y gallodd neidio i lawr iddo. Yn anffodus, nid oedd ond un rhwyf yn y cwch a gwnaeth hynny'r gwaith o sgowlio'r cwch i'r ynys yn fwy trafferthus fyth. Erbyn iddo lanio'r ochr draw roedd yn chwys diferol a'r filltir oedd rhwng yr ynys a'r lan yn ymddangos yn llawer hwy, dan rym y lli a'i ymdrechion gwachul ef i sgowlio.

Camodd o'r cwch i'r traeth caregog lle'r oedd rhyw hanner dwsin o hipis yn syllu arno a'u hwynebau'n llawn chwilfrydedd. Gwenodd yntau arnynt a'u cyfarch yn siriol, ond nid cynt y gwnaethai hynny nag y trodd y cwbl a mynd ar eu hyll i gyfeiriad y gwersyll a'u lleisiau'n clochdar fel ceiliogod ifanc.

Angorodd y cwch yn ddiogel cyn dringo i fyny'r traeth a thros dwmpathau tywod nes cyrraedd tir glas gwael lle'r oedd nifer o goed bychain, bychain di-siâp, yn llwyddo i fyw, rywfodd, ar dir digon sur. Cyrhaeddodd fryncyn a edrychai i lawr ar y gwersyll, ac oddi yno gwelodd ddau ŵr yn cerdded tuag ato. 'Ddyn byw!' meddyliodd wrth edrych arnynt, 'chydig o wellt yn eu capiau a'u breichiau ac fe wnâi'r ddau fwganod brain gwych!

'Bore da!' meddai. 'Ac un braf hefyd,' ychwanegodd, mewn ymgais i fod yn gyfeillgar. 'Er nad oedd sgowlio'r cwch drosodd yn brofiad i'w chwennych yn aml iawn.'

'Pam oedd raid ichi groesi a phwy roddodd yr hawl i chi ddefnyddio'r cwch? Perthyn i'r D.H.S.S. dach chi?' holodd un o'r ddau ŵr yn siarp.

'Mi fyddai un cwestiwn ar y tro'n ddigon,' meddai Rees wrtho'i hun. 'O na,' atebodd, dan wenu, 'Inspector Rees, Heddlu Dyfed-Powys.' Fel yr ynganai'r geiriau, bron na allai deimlo'r awyrgylch o'i gwmpas yn oeri. Sylweddolodd y byddai'n rhaid iddo fod yn amyneddgar. 'Mi ddes i draw i ofyn am eich help,' ychwanegodd.

111

Dywedodd yr un a ofynnodd y cwestiwn rywbeth o dan ei wynt wrth ei bartner, gŵr gweddol dal gyda mop o wallt coch cyrliog a barf drwchus o'r un lliw. Roedd ei lygaid treiddgar yn syllu arno, fel dau lygad anifail yn syllu allan o wrych. Synhwyrodd yr Inspector ryw fath o atgasedd dwfn yn yr edrychiad, ac ni ryfeddodd o glywed y dyn yn dweud yn sarrug:

'Mi gewch gymaint o help gynnon ni ag rydan ni'n 'i gael gynnoch chi.' Sais oedd o, ond ni fedrai Rees leoli'i acen.

'Mi helpwn ni chi os gallwn ni—ond wn i ddim sut, a ninnau'n byw ar ynys, ar wahân i bawb,' meddai'r ail— Cymro—yn fwy llariaidd.

'Diolch,' meddai Rees, gan anwybyddu'r llall. 'Chwilio am ferch yr ydw i. Fe wyddom ei bod hi wedi ymuno â chomiwn ond dydyn ni ddim yn siŵr ble mae hi'n awr. Mae'i theulu wedi cael profedigaeth enbyd—y ferch 'ma wedi colli'i chwaer—ac fe hoffent ei chael adre i'r angladd.'

'Be 'di enw'r ferch?' gofynnodd y Cymro.

'Meriel Pughe, o Abermorlais.'

Unwaith eto, trodd y Cymro at ei bartner a sisial o dan ei wynt, ac atebodd hwnnw: 'Does neb o'r enw yna ar yr ynys a chlywson ni 'rioed sôn amdani.'

'Falle'i bod yn arddel enw arall,' meddai'r Inspector, gan roi disgrifiad o Meriel i'r ddau, ond dal i ysgwyd eu pennau yr oeddynt.

'Tybed a fyddech yn fodlon i mi ddod i'r gwersyll i holi rhai o'r merched?' meddai wedyn.

'Be wyt ti'n ddweud, Alec?' gofynnodd y Cymro.

'Dwn i ddim faint haws fydd o,' atebodd hwnnw, 'ond cystal inni adael iddo ddod.'

Pan gyrhaeddodd y tri y gwersyll, gwelodd Rees fod 'na

ryw ddwsin o wŷr a gwragedd cymharol ifanc yn troi o gylch dau dân coed. Daliai rhai o'r merched fabanod yn eu breichiau tra rhedai'r plant mân o gwmpas yn chwarae hefo dau neu dri o gŵn. Cafodd Rees gyfle i grwydro yn eu mysg a holi'r naill a'r llall, ond heb ddim llwyddiant, er y teimlai ym mêr ei esgyrn—o'i brofiad helaeth o holi pobl —fod rhai ohonynt yn celu rhywbeth rhagddo. Gwyddai y gallai fynnu'r hawl i fynd o amgylch y pebyll a'r cytiau pren, ond doedd o ddim am fentro hynny heb warant. Ymadawodd yn anfoddog, o'r diwedd, a'r ddau a'i derbyniodd i'r ynys yn ei hebrwng at y cwch: 'Gofalwch angori'r cwch yn ddiogel,' meddai'r Sais. 'Mae o'n werthfawr iawn i ni.'

'Peidiwch â phoeni,' meddai Rees, gan ychwanegu wrtho'i hun: 'nid un gŵr mewn cwch bychan ddaw i ymweld â thi nesa, 'ngwas i.'

Gwyliodd y ddau ef yn sgowlio'n afrosgo'n ôl i'r tir mawr.

'Be nesa, tybed?' gofynnodd Iwan, y Cymro, i'w bartner.

'Mae o'n siŵr o ddod yn ôl,' atebodd yntau, 'a'r tro nesa fydd o ddim ar ei ben ei hun. 'Sgota roedd o rŵan.'

'Wyt ti'n meddwl y dylen ni 'i symud hi, felly?' meddai Iwan.

'Ydw,' cytunodd Alec, 'a gorau po gynta. Heno nesa.'

'Ond be am y llwyth rydan ni'n ei ddisgwyl?' holodd Iwan.

'Mi awn ni â hi a'r llwyth drosodd ac mi fyddwn yn ôl cyn iddi wawrio.'

'Ond fentrwn ni ddim gwneud hynny heb ffonio'r bòs gynta, neu mi fydd yn gandryll!'

113

'I'r diawl â fo!' meddai Alec yn swta. '*Ni* sy mewn peryg fan hyn, nid y fo. Fe awn ni â hi heno ac mi gaiff wneud fel y mynno â hi.'

*   *   *

Roedd wedi troi hanner nos pan lithrodd y ddau allan o'r gwersyll yn llechwraidd wedi'u gwisgo mewn siwtiau o rwber du o'u corun hyd eu sodlau a'u hwynebau wedi'u pardduo. Swatiodd y ddau ar y traeth yng nghysgod craig i aros awr y rondefŵ.

'Dyma'r trydydd llwyth,' meddai Iwan. 'Faint rhagor fydd 'na cyn y byddwn ni wedi darfod?'

'Un arall ar ôl hwn,' atebodd Alec, 'a dyna ben arni.'

'Be fydd gwerth y cwbl, sgwn i?' gofynnodd Iwan. 'Wyt ti'n meddwl y bydd o werth yr holl drafferth, heb sôn am y peryg?'

'Paid â gofyn cwestiwn mor blydi dwl!' ebychodd Alec yn flin. 'Mi fydd ein siâr ni'n ddigon inni fedru gwneud yn siŵr na welith y twll lle 'ma mohonon ni fyth mwy. Môr y Caribî i mi. Cer di ble mynnot ti. Erbyn iddyn nhw orffen trin y llwyth i gyd mi fydd yn werth miliynau ar y stryd-oedd.'

'Os felly,' meddai Iwan, 'pam na allwn ni fynnu mwy o siâr o'r elw? Ni sy'n gorfod gwneud y gwaith caled.'

'Gwranda,' meddai Alec, a rhybudd pendant yn ei lais, 'cymer gythral o ofal nad wyt ti ddim yn trio bargeinio efo nhw. Nid chwarae plant ydi hyn, cofia. Mi roedd y boi 'na bore 'ma'n meddwl na wydden ni ddim fod chwaer yr hogan 'na wedi'i llofruddio. Gwylia dithau rhag ofn iti gael dy daflu i waelod y môr hefo pwysau wrth dy sodlau.'

'Myn diawl . . .' dechreuodd Iwan.

'Llynca dy boeri a chadw dy lygad ar y môr rhag ofn inni

fethu gweld yr arwydd, neu dyna be fydd dechrau gwerthu penwaig!' ebe Alec ar ei draws.

Bu'r ddau'n dawel am amser nes i Alec alw: 'Dacw fo, o'r diwedd!'

Gwelsant ddau fflachiad sydyn o oleuni gwyrdd ac yna ymhen rhai eiliadau, un arall. Cododd y ddau'n frysiog, gwisgo'u sliperi nofio a cherdded i lawr at y môr, ac yna suddo'n araf i'w ddyfnder a nofio i gyfeiriad y golau gwan a barhâi i lewyrchu yn y tywyllwch.

Gwyddent mai llong bysgota o Sbaen fyddai'n dod â'r llwyth ac yn ei angori wrth fwi o fewn cyrraedd nofio o'r lan. Cytunwyd y byddent yn gadael golau ar y bwi— byddai wedi'i guddio o'r tir mawr gan yr ynys.

Cymerodd ddeng munud da o nofio cryf i'r ddau gyrraedd y bwi. Doedd dim arwydd o'r llong bysgota yn unman—roedd wedi gollwng ei llwyth a diflannu i'r nos. Eu gorchwyl cyntaf oedd diffodd y golau rhag ofn i ryw wyliwr ddigwydd ei weld a pheryglu'u bwriad o lanio'r llwyth yn ddiogel. Roedd y llwyth ei hun mewn dau gwdyn plastig du, trwchus, yn hongian wrth y bwi, a gwaith rhwydd iddynt, erbyn hyn, oedd ei ddadfachu a gosod bob i gwdyn ar eu cefnau cyn tynnu plwg o waelod y bwi a'i adael i suddo i'r dyfnder am byth.

Roedd yn anos o dipyn nofio'n ôl i'r traeth gyda'r llwyth ar eu cefnau ac roedd y ddau'n falch o deimlo'r graean dan eu traed wrth lusgo'n flinedig i gysgod y graig lle buont yn llechu.

'Mae'n rhaid i mi gael mygyn, myn cythgam i,' ebychodd Iwan. 'Bron i mi fynd i lawr unwaith.'

'Mi wn i un peth,' meddai'i bartner, 'mi fydde raid i mi fod wedi dy ddilyn i'r gwaelod—i dynnu'r llwyth oddi ar dy gefn, nid i dy achub.'

'Y cythral didrugaredd!' edliwiodd Iwan.

Wedi iddynt gael eu gwynt atynt a gwisgo'u hesgidiau, ailgodwyd y llwyth. 'Reit!' meddai Alec, 'fe awn ni â hwn i lawr i'r cwch, ac yna fe awn i'r gwersyll i nôl y ferch 'na. Petawn i wedi cael fy ffordd, mi fyddwn wedi'i rhwymo wrth y bwi 'na aeth i lawr gynnau.'

'Wel, chest ti mo dy ffordd, yn naddo,' meddai Iwan. 'Mi fydd yn gweiddi digon am inni 'i symud hi rŵan.'

Ymhen ugain munud, roedd y ddau'n dychwelyd i'r gwersyll, wedi gosod eu llwyth yn ddiogel yn y cwch. Aethant ar eu hunion i babell fechan oedd wedi'i hanner cuddio rhwng dau gwt a ddefnyddid i gadw rhywfaint o'u heiddo ... Goleuodd Alec lamp fatri fechan oedd yn hongian wrth bostyn ac edrychodd y ddau ar Meriel Pughe'n gorwedd ynghwsg mewn sach gysgu. Anadlai'n drwm ac araf ac edrychai'n welw yn y golau gwan.

'Fe awn ni â hi yn y sach gysgu fel ag y mae hi,' meddai Iwan. 'Dyn a ŵyr sut groeso gawn ni'r ochr draw pan welan nhw hi.'

'Mi gym'rwn ni'n siawns ar hynny,' meddai Alec. 'Cydia di yn 'i thraed ac mi gym'ra innau'r pen.'

'Roedd y cwdyn cyffuriau 'na'n drymach na hon, myn diawl!' meddai Alec, wrth iddynt ei chario i lawr i'r cwch.

'Fydde 'na fawr o bwysau ynot tithau 'chwaith,' meddai Iwan, 'petaet ti wedi bod yn byw ar fawr ddim ond cyffuriau am wythnosau.'

Fe'i rhoesant hi i orwedd ym mhen ôl y cwch a'r ddau becyn cyffuriau o bobtu iddi. Gwthiwyd y cwch i'r dwfn, a dilynwyd glannau'r ynys am beth amser cyn ei gyfeirio tua thraeth bychan ryw hanner milltir o'r pentre.

'Aros di fan hyn i wylio,' meddai Alec wedi iddynt lanio. 'Mi a' innau i fyny i weld a ydyn nhw wedi cyrraedd.'

Dringodd i fyny llwybr cul, troellog a serth nes cyrraedd ffordd gefn gwlad gul. Yno'n aros amdanynt roedd fen wedi'i pharcio a dau ddyn yn eistedd ynddi. Croeso oeraidd a gafodd Alec pan eglurodd fod Meriel yn y cwch yn aros i gael ei chario i fyny o'r traeth.

'I be ddiawl wnest ti hynna?' rhuodd un ohonynt. 'Mi fydd y bòs yn wallgo!'

'Dywed wrtho am ymweliad Inspector Rees, ac mai ni fydde mewn trafferth ar yr ynys, yn enwedig petai o a'i helgwn yn dychwelyd y bore 'ma. Dydw i ddim yn deall pam na allen ni fod wedi cael ei gwared hi ers amser. Mae hi'n fwy o drafferth na'i gwerth,' meddai Alec.

'Gwranda dithau,' meddai'r gŵr drachefn, 'mae'n hen bryd i ti sylweddoli pwy sy'n gwneud y trefniadau, a bod ambell un yn fwy o werth yn fyw nag yn farw.'

'Reit!' meddai Alec. 'Mae hi'n fyw ac eisio'i chario o'r traeth a rhaid inni gael help i wneud hynny.'

Wedi llawer o ebychu a chwyno, llwyddwyd o'r diwedd i gario Meriel a'r llwyth o'r traeth i'r fen. Dychwelodd Alec ac Iwan i'r ynys i ddisgwyl am yr un llwyth arall oedd i'w gludo gan y llong bysgota o Sbaen.

11

Eisteddai Inspector Rees wrth ei ddesg gyda phentwr o adroddiadau o'i flaen. 'Mae mynd drwy'r rhain a cheisio mwy o wybodaeth fel ceisio hidlo gronynnau o aur allan o bentwr o swnd a graean. Ac mae'r aur yn gythgam o brin.'

'Fel cerdded drwy gors, syr,' atebodd y sarjant. 'Rydyn ni wedi methu cael hyd i wraig Turner a'i ferch hyd yn hyn—maen nhw wedi diflannu yng nghanol miloedd trigolion Wolverhampton ac mae'r heddlu yno eisoes dros eu pennau a'u clustiau mewn gwaith, heb iddyn nhw orfod gwneud ein gwaith ni droston ni.'

'Chwilio'n nes adre fydd raid inni, felly,' meddai Rees. 'Mae 'na un ffaith ddiddorol yn codi o adroddiad y pathdolegydd ar y P.M. ar gorff Peter Darlington, sef fod sglodion bychain o bren wedi'u canfod yn y benglog, a'r rheini'n dod, yn ôl pob tebyg, o ffon a ddefnyddiwyd i ymosod arno. Wel, pan holais i Pughe, roedd yn cydnabod fod ganddo ffyn. Mi wn fod ganddo dyst yn tystio i ble'r oedd o ar yr amser tyngedfennol, ond pwy a ŵyr be fydde merch sy mewn cariad yn barod i'w wneud i helpu? Falle na fydde talu ymweliad dirgel â charafán Pughe ddim yn syniad ffôl. Mi gei di drefnu hynny, Price.'

'Ydych chi am i Turner wybod am hynny, syr?' holodd y sarjant.

'Ddim os medri di osgoi hynny,' atebodd Rees. ' "Yr hyn ni wêl y llygad . . ." ' ac mae'n siŵr fod mwy nag un ffordd o sicrhau mynediad i'r garafán.' Trodd at Non, 'A pha ryfeddodau sy gynnoch chi i'w datgelu, Non?' gofynnodd.

'Cyn i Non roi'i hadroddiad, syr,' meddai Price, 'mae gen i ragor o wybodaeth ynglŷn â Stephens. Mae'i gyn-wraig a'i ferch yn byw yng Nghaerwrangon ar hyn o bryd, y ferch yn ddibriod a phlentyn ganddi rhwng dwyflwydd a thair oed. Does dim gwybodaeth hyd yma pwy yw tad y plentyn ond maen nhw'n chwilio yng nghofrestrau'r ddinas ac yn Abermorlais. Mi fu 'na si ar un adeg fod Pughe yn ymhél â gwraig Stephens—a'r ferch hefyd, am wn i—er, hyd y gwela i ar hyn o bryd, does a wnelo hynny ddim byd uniongyrchol â'r achosion yma.'

118

'Amser a ddengys, sarjant,' meddai'i bennaeth. 'Reit, Non.'

'Mi ges i air ychwanegol efo Mrs. Pughe, syr,' meddai hithau, 'a does dim dadl ei bod hi'n gwybod am gampau carwriaethol ei gŵr ac wedi dysgu byw hefo nhw. Mi ganolbwyntiodd ei sylw ar ei dwy ferch a bellach mae hi'n byw i'r dydd y gwêl hi Meriel yn dod adre'n ddiogel. Y sgwrs a ges i hefo Ella oedd yr un mwya ffrwythlon; dyw hi ddim yn cau'i llygaid na'i chlustiau i'r hyn sy'n digwydd o'i chwmpas. Mae hi'n tystio fod 'na gyfnod yn hanes Pughe, mewn cysylltiad â'i fusnes, pan oedd pethau'n o ddrwg—gormod o haerns yn y tân falle; neu rywun yn ceisio'i sugno.'

'O achos ei gampau carwriaethol, falle,' meddai Rees.

'Mae hynny'n bosib, syr,' cytunodd Non. 'Yn ôl Ella, roedd o, hyd yn ddiweddar, wedi cau ymadawiad Meriel o'i feddwl; ond yn ystod yr wythnosau diwetha 'ma mae rhywbeth wedi digwydd sy'n peri cryn dipyn o ofid iddo, ac mae hi'n sicr fod a wnelo hynny rywbeth â Meriel, ac oddi ar llofruddio Lisa mae o wedi bod ar bigau'r drain ac yn ddychrynllyd o anodd byw hefo fo.'

'Wel,' meddai'r Inspector, 'mi wyddon ni bellach fod 'na gysylltiad pendant rhwng y ddwy chwaer a bod a wnelo hynny rywbeth â'r tad. Ac mae'n dod yn fwyfwy amlwg fod Meriel â rhan allweddol yn yr ymchwiliadau 'ma. Gorau po gynta inni gael gafael arni.'

'Be am drio'r ynys unwaith eto, syr?' gofynnodd Price.

'Dydw i ddim mor siŵr ynglŷn â hynny,' meddai Rees. 'Mae'r rhain wedi llofruddio dau eisoes, a fydde un arall yn golygu dim iddyn nhw. Fynnwn i er dim i'r Pugheiaid golli merch arall. Na, rhaid cael ffordd fwy cyfrwys i ddod o hyd iddi a hynny mor fuan ag sy'n bosib.'

119

'Ond pa ffordd arall sydd 'na, syr?' holodd Non.

'Mae gen i syniad yng nghefn fy meddwl,' atebodd eu pennaeth, 'ond mae a wnelo fo â chi, Non, ac fe all fod yn beryglus.'

'Be 'di'r cynllun?' gofynnodd Non.

'Eich cael chi ar yr ynys. Nid fel heddferch, wrth gwrs, ond fel un ohonyn nhw. Yr aflwydd ydi pe baen nhw'n digwydd canfod y gwirionedd fe allai'ch bywyd chi fod mewn peryg.'

'Ymunais i ddim â'r heddlu i gael fy maldodi,' meddai Non. 'Os mai dyna'r unig ffordd i arbed Meriel, rwy'n barod i fentro. Pryd dach chi am imi gychwyn?'

'Diolch, Non,' meddai'r Inspector. 'Gorau po gynta, ddwedwn i.'

'Mae gan y criw o'r ynys stondin yn gwerthu pob math o geriach yn y farchnad bob dydd Sadwrn, syr,' meddai Price. 'Falle mai dyna'r lle gorau i Non gysylltu â nhw a chael mynediad i'r ynys.'

'Syniad gwych!' cytunodd Non. 'Be wisga i?'

'Paid â phoeni am hynny,' meddai Price. 'Mae gan y genod acw bob math o ddillad maen nhw wedi'u prynu mewn jymbl sêls. Rydyn ni'n siŵr o gael hyd i rywbeth.'

'I'r dim,' cytunodd Non.

'O'r gorau,' meddai Rees. 'Rhaid i chi fynd ag offer cyfathrebu efo chi ac fe drefnwn adegau arbennig ichi gysylltu â'r lan. Mi fydda i wedi gofalu fod 'na gwnstabl yn gwrando ac yn gwarchod ddydd a nos. Os dowch chi ar draws Meriel, peidiwch â gwneud dim ar eich pen eich hun. Gadewch i ni wybod, ac fe ofalwn ni am bopeth. Fe adawa i weddill y trefniadau i chi'ch dau.'

*   *   *

Gweodd Non ei ffordd yn araf drwy'r dorf, o stondin i stondin, gan anelu'n bwyllog at un arbennig ym mhen ucha'r sgwâr. Ar ei ffordd, pasiodd un o'r cwnstabliaid lleol heibio iddi heb ei hadnabod.

'Diolch byth!' meddai Non wrthi'i hun. 'Os llwyddais i i dwyllo Gwynedd, mae gen i siawns go dda i dwyllo criw'r comiwn!'

Roedd y dillad a gawsai gan ferched Sarjant Price yn gweddu i'r dim. Gadawsai'i gwallt yn flêr a gwisgai gap gwlân cartre drosto. Roedd ganddi hen siwmper a gyrhaeddai hyd ganol ei chluniau a sgert hyd at ei sodlau. Dros y cyfan, gwisgai gôt aeaf oedd wedi gweld dyddiau gwell. Cariai'i hychydig eiddo mewn cwdyn ar ei hysgwydd ac mewn bag cotwm yn hongian wrth yr ysgwydd arall.

Pan gyrhaeddodd stondin y comiwn fe'i gwyliodd o hirbell am ychydig cyn nesáu'n hamddenol a gogordroi o'i chwmpas. Daeth un o'r merched ati a holi a oedd hi am brynu rhywbeth.

'Na, dim diolch,' atebodd hithau â gwên. 'Mae gen i fwy o ddiddordeb mewn gwerthu na phrynu.'

'O,' meddai'r ferch ifanc yn siomedig. 'Mae gynnon ni fwy na digon o bethau i'w gwerthu. Be sgynnoch chi, felly?'

'Fawr ddim ond ychydig o fwclis a thlysau mân . . . Ond . . . y . . . chwilio rydw i'n fwy na dim, ar hyn o bryd, a dweud y gwir.'

'Am bwy dach chi'n chwilio?'

'Na, nid chwilio am . . . am berson, chwilio am le— rhywle i gysgodi tros y gaea . . .'

'O ble dach chi wedi dod rŵan, felly?' gofynnodd y ferch yn y man, ar ôl holi llawer ynghylch cefndir Non.

O'r tu draw i Bontarfynach,' atebodd hithau. 'Ond mae'n rhy oer inni dreulio'r gaea yno.'

'Ble mae o?'

'Ble mae o?' meddai Non mewn tipyn o benbleth, yn wyneb cwestiwn annisgwyl. Yna deallodd. 'Y ffŵl dwl!' ceryddodd ei hun. 'Dŷ fêt roedd hi'n feddwl. Os na fyddi'n ofalus mi fyddi wedi gwneud llanast o bethau cyn cychwyn. 'O, y fo?' meddai wedyn yn gyflym, 'roedd yn well gynno fo awyr y mynydd.' Chwarddodd, gan geisio ymddangos yn ddihidio, ac ychwanegodd, 'Waeth gen i iddo fod yn fanno, ddim. Does fawr o golled ar 'i ôl o. Beth bynnag, cystal gen i wynt y môr am newid.'

'Ar ynys mae'n gwersyll ni ar hyn o bryd,' meddai'r ferch. 'Rydan ni'n cael faint fynnir o wynt y môr yn fanno.'

'Ydych chi'n meddwl y gallwn i ymuno â chi?' gofynnodd Non. 'Mi fyddwn i'n barod i weithio a chyfrannu'n siâr. Mae gen i rywfaint o arian ...'

'Dwn i ddim, a dweud y gwir,' meddai'r ferch. 'Fedra i ddim addo ... ond, os leciwch chi, mi ga i air efo'r merched eraill 'ma, ac efo cwpwl o'r dynion sy yma heddiw.'

'Mi faswn i'n ddiolchgar iawn,' atebodd Non. 'Mi ddo i'n ôl toc. Ga i adael fy mhaciau hefo chi? Gyda llaw, Non ydi f'enw i.'

'Beryl ydw innau,' meddai'r ferch. 'Mi fyddwn yn troi am adre tua phedwar o'r gloch.'

Wedi rhoi'i bag a'i chwdyn cysgu yng nghefn y stondin —ond gyda'r offer cyfathrebu'n ddiogel yn nyfnder poced ei chôt fawr—aeth Non i grwydro o gylch y stondinau eraill. Roedd Price a hithau wedi penderfynu y byddai'n ddoethach iddi lynu wrth ei henw'i hun rhag ofn iddi lithro drwy ddefnyddio enw anghyfarwydd.

Pan ddychwelodd i'r stondin yn ddiweddarach, roedd y merched wrthi'n pacio'u nwyddau'n barod i droi am adref. Cyflwynodd Beryl hi i'r ddwy ferch arall. 'Rydan ni'n tair yn cytuno fod croeso ichi, Non. Cawn weld be ddywed y ddau ddyn pan ddôn nhw draw â'r Land Rover.'

Roedd Iwan yn un o'r ddau, ac er nad oedd yn or-hoff o'r syniad, fe ildiodd yn wyneb parodrwydd y gweddill a rhoed Non yng nghefn y Land Rover gyda'r merched eraill a'r llwyth.

Erbyn iddynt gyrraedd Llanfor a chroesi i'r ynys roedd yn llwyd-dywyll a chafodd Non fawr o gyfle i edrych o gwmpas y gwersyll. Fe'i cyflwynwyd i aelodau eraill y comiwn a chafodd groeso eitha cynnes gan bawb ac eithrio Alec. Cyn gynted ag y cafodd o gyfle, fe gydiodd ym mraich Iwan a'i dynnu oddi wrth y gweddill i'w holi.

'Pwy 'di honna?' meddai. 'Ac i be gythral oedd eisio iti ddŵad â hi yma rŵan, o bob adeg?'

'Allwn i ddim gwrthod yn hawdd,' atebodd Iwan, 'a'r lleill i gyd yn cytuno. Doedd gen i ddim hawl i benderfynu a oedd hi'n dod ai peidio. Be 'di'r ots, beth bynnag?— Wedi inni godi'r llwyth ola heno, mi fyddwn yn ffarwelio â'r lle 'ma am byth.'

'Fyddwn ni ddim yn codi'r llwyth heno, wedi'r cyfan,' meddai Alec. 'Mi es i drosodd pnawn 'ma i gadarnhau'r trefniadau ac mae rhywbeth yn bod ar y llong. Bydd rhaid trefnu noson arall.'

'Damio!' ebychodd Iwan, 'a minnau wedi edrych ymlaen am gael mynd odd'ma.'

Tra oedd hi'n mwynhau'i swper o gylch tân coed braf yn ddiweddarach, gallai Non synhwyro'r teimlad o gynhesrwydd ac agosatrwydd a ffynnai yn y comiwn. Eisoes roedd un o'r plant lleia'n swatio yn ei chôl. Wedi i'r plant fynd i glwydo, bu cryn sgwrsio a holi a hithau'n gorfod bod yn rhyfeddol o ofalus gyda'i chwestiynau a'i hatebion.

'Wel,' meddai yn y man, 'mae awyr y môr wedi 'ngwneud i'n reit gysglyd. Hefo pwy dwi'n rhannu pabell?'

'Does dim rhaid ichi rannu hefo neb,' atebodd Beryl. 'Mae 'na babell fechan yn digwydd bod yn wag, ac mi gewch ddefnyddio honno. Mi a' i â chi yno rŵan ... Dyma ni,' meddai wedi iddynt gyrraedd y babell. 'Peid-iwch â phoeni am sŵn y plant a'r cŵn. Mi fyddan nhw i gyd wedi tawelu cyn bo hir.'

'Pwy oedd yn cysgu yn hon o'r blaen?' holodd Non.

'Neb arbennig,' atebodd Beryl yn swta. 'Mae'n babell i bawb, am wn i.'

Bu Non yn gorwedd yn ddi-gwsg am amser. Roedd yn anodd setlo mewn lle dieithr a gwrandawai ar bob smic o sŵn nes i dawelwch ymestyn dros bobman o'r diwedd, a syrthiodd hithau i gysgu yn y man.

Fe'i deffrowyd yn y bore gan sŵn plant yn gweiddi a chŵn yn cyfarth. Edrychodd ar ei wats a chanfod—er mawr syndod iddi—ei bod wedi wyth o'r gloch. Roedd wedi cysgu fel twrch drwy'r nos! Cododd ar unwaith ac ymuno â'r gweddill o gylch tân coed a oedd eisoes yn llosgi'n braf. Mwynhaodd lond mŵg o goffi a thafell dew o fara haidd wedi'i daenu â marmalêd cartref. Buont yn sgwrsio am amser cyn iddi holi a oedd unrhyw beth y gallai'i wneud i'w cynorthwyo.

'Cymerwch amser i edrych o gwmpas yr ynys,' oedd yr ateb, 'fe gewch ddigon o gyfle i wneud rhywbeth eto.'

Derbyniodd hithau'r awgrym yn ddiolchgar a daliodd ar y cyfle i chwilio am fan cyfleus i gysylltu â'r gwyliwr ar y tir mawr. Trosglwyddodd ei neges a dychwelodd i'w phabell i dwtio peth arni. Rhoes yr offer cyfathrebu yng ngwaelod ei sach gysgu, wedi'i rwymo yn rhai o'i dillad—rhag ofn i rywun fanteisio ar gyfle i sbrogian—a'i rowlio i fyny'n daclus. Pwysodd ei llaw ar y ddaear i godi a brathodd rhywbeth miniog i flaen ei bys.

'Fflamio!' meddai'n uchel. Sugnodd y difcryn bychan o waed oddi ar flaen ei bys. Ych-a-fi! Blasodd rywbeth od a'i boeri allan.

Chwiliodd lawr y babell yn ofalus a chanfod nifer o ddarnau bychain o wydr. Fe'u rhoes ar gledr ei llaw a'u harogli ... 'Wrth gwrs,' meddai wrthi'i hun, 'blas heroin neu gocên ydi o. Mae rhywun wedi sathru ar chwistrellydd.'

Doedd dim amheuaeth yn ei meddwl bellach mai Meriel fu'n cysgu yn y babell o'i blaen. Bu bron iddi lewygu, a hithau'n dal ar ei gliniau'n casglu'r darnau gwydr, pan glywodd rywun yn gofyn: 'Ar eich gliniau'n adrodd eich pader dach chi?' Cododd ar unwaith.

Ar ei liniau, a'i ben yn ymestyn drwy'r agoriad, roedd Alec.

'O na, na,' ebychodd Non, yn gwneud ei gorau i chwerthin. 'Mi ddwedais i 'mhader neithiwr. Twtio tipyn bach ar y lle 'ma roeddwn i. Mae'n edrych yn debyg mai merch oedd yma o 'mlaen i.'

'Be sy'n gwneud ichi feddwl hynny?' gofynnodd Alec.

Sylweddolodd Non iddi gymryd cam gwag. 'O, dim

byd arbennig,' prysurodd i ateb. 'Ond bod 'na arogl merch yma, rywsut. 'Chydig o bersawr hefyd.'

'Dwn i ddim am bethau felly,' meddai Alec yn swta. 'Mae rhai o'r merched am ichi fynd i lawr i'r traeth hefo nhw i gasglu tanwydd.'

Teimlodd Non chwys oer yn chwalu drosti wedi i Alec fynd. Casglodd weddill y darnau gwydr yn frysiog a'u rhoi mewn cwdyn plastig yng ngwaelod ei sach gysgu, gyda'r offer cyfathrebu, cyn mynd allan i ymuno â'r merched.

*   *   *

Aeth Alec ar ei union i chwilio am Iwan.

'Gwranda,' meddai, wedi gwneud yn siŵr nad oedd neb yn agos, 'mae 'na rywbeth amheus ynghylch y ferch 'na.'

'Be wyt ti'n feddwl?' gofynnodd Iwan.

Adroddodd Alec hanes yr hyn a welodd. 'Twtio'r babell, o faw!' meddai. 'A holi'n gyfrwys ai merch fu yno o'i blaen!'

'Faswn i ddim yn dweud fod 'na rywbeth amheus yn hynny,' meddai Iwan. 'Cwestiwn digon naturiol.'

'Nid pan wyt ti ar dy liniau'n casglu rhywbeth ac yn ei guddio rhag rhywun arall ... Mae 'na rywbeth od o'i chwmpas hi.'

'Hel meddyliau rwyt ti,' meddai Iwan. 'Y straen yn dechrau dweud arnat ti,' ychwanegodd, dan chwerthin.

'Straen o ddiawl!' ebychodd Alec. 'Wyt ti'n meddwl 'mod i'n hanner-pan. Gwranda ... *digwydd* gadael Pontarfynach, *digwydd* cyrraedd Abermorlais a *digwydd* taro ar y merched 'ma. Eisio lle dros y gaea, gwynt y môr yn well nag awyr y mynydd. Boi'r heddlu 'na newydd fod yma a hon yn cyrraedd o fewn dim ar ei ôl. Mae'n rhaid eu bod nhw'n tybio'n bod ni'n ddiawledig o ddwl.'

'Be wnawn ni, felly?' gofynnodd Iwan. ''I gwylio hi'n ofalus?'

'Mi wnawn ni hynny, paid â phoeni,' meddai'i bartner. 'Dydi rhyw lefran fel honna ddim yn mynd i gael difetha'n planiau ni i gyd. Mi fynna i gyfle i chwilio'i phac hi cyn hir, iti. Trefna di iddi fynd i hel cregyn neu gerrig ar ôl cinio, neu cer â hi rownd y creigiau i garu. Mi ddalia innau ar y cyfle i chwilota drwy'i phethau hi.'

'Rhaid iti fod yn ofalus, neu mi fydd y gath allan o'r cwd.'

'Gad ti hynny i mi,' meddai Alec. 'Gwna di dy ran di, mi ofala innau am y gweddill.'

Ar ôl cinio, perswadiodd Iwan Non i fynd gydag ef i'r traeth pella i gasglu cregyn a cherrig i'w lliwio, ac wedi gweld y ddau'n diflannu dros y twyni tywod daliodd Alec ar ei gyfle i fynd i chwilio'i babell. Ni fu'n hir yn canfod yr offer cyfathrebu a'r bag plastig yn cynnwys y darnau gwydr.

'Y bits fach!' ebychodd yn filain. 'Mi wyddwn 'mod i'n iawn! Cyfrwys, ond ddim digon cyfrwys i dwyllo'r hen Alec. Aros di, mi setla i dy bwdin dithau!'

Rhoddodd bopeth yn ôl yn union fel y cafodd hwy ac aros yn ddiamynedd am Iwan.

'Be sgen ti i'w ddweud rŵan?' gofynnodd iddo pan ddychwelodd. 'Mi wyddwn i fod 'na rywbeth yn od yn ei chylch!'

'Pwy fase'n meddwl! . . . Mae un peth yn siŵr. Rhaid inni wneud rhywbeth ynglŷn â hi. Be oedd y darnau gwydr 'na, tybed?'

127

'Fe dorrodd 'na heipo pan oedden ni'n rhoi chwistrell-iad i Meriel y diwrnod o'r blaen ac mi sathrais i o i'r ddaear, fel ro'n i'n fwya dwl,' atebodd Alec.

'Os llwyddith hi i drosglwyddo neges, mi fydd ar ben arnon ni,' meddai Iwan.

'Mae 'na un ffordd sicr o'i rhwystro,' meddai Alec yn dawel.

'A be 'di honno?' gofynnodd Iwan.

'Cael 'i gwared hi am byth—damwain fach angheuol.'

''I ladd hi!' ebychodd Iwan. 'Chdi sy'n siarad yn blydi dwl rŵan! Mi fydde holl heddlu'r sir yma cyn iti droi dy ben. Na, mae'n rhaid inni feddwl am ffordd arall.'

'Be wyt ti'n awgrymu, 'te?'

'Cadw llygad arni am rŵan a gwneud yn siŵr na chaiff hi gyfle i adael yr ynys hefo'r pecyn gwydr 'na. Mae hi'n siŵr o geisio cysylltu â'r lan. Fe'i dilynwn ni hi inni gael clywed be 'di'r trefniadau. Mi fyddwn yn gwybod be i'w wneud wedyn. Be am i tithau fynd draw i'r tir mawr i gael gair ar y ffôn hefo'r bòs?'

'Reit,' cytunodd Alec. 'Mi wnawn ni hynny, ond os bydd 'na unrhyw arwydd fod yr heddlu ar eu ffordd yma, yna welith y blydi lle 'ma ddim lliw 'y nghynffon i.'

D.C. Parry oedd yn cadw gwyliadwriaeth pan laniodd Alec ar y tir mawr. Gwelodd ef yn gyrru allan o'r pentref mewn Land Rover, a gwnaeth nodyn o'i rhif. Roedd o'n dal ar ddyletswydd pan ddychwelodd Alec, parcio'r Land Rover a rhwyfo'n ôl i'r ynys. Cysylltodd Parry â'r pencadlys i roi cyfrif o'r symudiadau hyn ac i'w hysbysu nad oedd wedi derbyn unrhyw neges oddi wrth Non.

Ar ôl swper, aeth Non i'w phabell i nôl ei hoffer

128

cyfathrebu; ni sylwodd, yng ngolau gwan y lamp fatri, fod
rhywun wedi bod yn ymhél â'i phac. Yn ddiarwybod iddi,
roedd Iwan ac Alec yn ei gwylio'n gadael y gwersyll, a
dilynasant hi o hirbell nes iddi aros, o'r diwedd, gerllaw
craig. Tynnodd ei hoffer cyfathrebu o boced ei chôt.

'D.H.Q. . . . 458 yn galw . . . côd Deufor . . . Drosodd.'

Oedodd am ennyd ac yna aeth rhagddi i gyflwyno'i
hadroddiad: hanes darganfod y darnau gwydr ar lawr y
babell a'i methiant i ddod o hyd i Meriel. 'Dydw i ddim
wedi cael cyfle i chwilio pob un o'r pebyll hyd yma, gan
nad ydw i ddim eisio ymddangos yn rhy fusneslyd. Mi ro i
gynnig arall arni fory. Drosodd.' . . . Wedi ysbaid byr,
siaradodd eto: 'O'r gorau. Mi dria i gysylltu am ddeg bore
fory. Allan.'

'Wnei di, wir,' ebychodd Alec o dan ei wynt, 'mi gawn
ni weld.' Rhoes ei law ar ysgwydd Iwan yn arwydd ei bod
yn bryd iddynt gilio o'r fan.

Erbyn bore trannoeth roedd y tywydd wedi newid a
glaw mân a niwl yn gorchuddio'r ynys. Doedd dim i'r
merched ei wneud felly ond swatio yn un o'r pebyll mwyaf
a pheintio cregyn a cherrig glan môr. Ni chafodd Non gyfle
i fynd o gwmpas ond llwyddodd i sleifio allan o'r gwersyll
a chysylltu â'r gwyliwr ar y tir mawr, gan addo cysylltu
eto yr un amser drannoeth. Roedd Alec wrth ei chwt yn
gwrando unwaith eto ond diflannodd cyn iddi droi'n ôl
tua'r gwersyll.

Am hanner nos, aeth Iwan ac yntau i lawr i'r traeth i
aros am arwydd fod y llwyth olaf wedi'i angori. Parhâi'r
glaw mân i ddisgyn, ond roedd y niwl wedi clirio peth.
Pan ddaeth yr arwydd disgwyliedig, gweithredwyd yr un

cynllun ag o'r blaen—codwyd y llwyth a'i gario i'r cwch yr ochr arall i'r ynys.

'Reit!' meddai Alec wrth ei bartner. 'Fe awn ni i nôl yr ysbïwraig fach 'na rŵan . . . a'r tro yma rydyn ni wedi cael caniatâd y bòs . . .'

Ni thrafferthwyd i ddatod y careiau a rwymai ddrws pabell Non; cymerodd Iwan gyllell finiog a thorri rhwyg hir yn y cynfas a llithrodd y ddau i mewn yn dawel. Yr arwydd cyntaf a gafodd Non fod rhywbeth o'i le oedd pan deimlodd rywun yn rhoi'i law dros ei cheg. Deffrôdd ar unwaith a cheisio ymrafaelio ond heb fawr o lwyddiant gan fod ei dwylo a'i breichiau i mewn yn y sach gysgu. Clywodd lais yn sisial yn ei chlust, 'Dim un gair na sgrech, ac mi fyddwch yn ddiogel . . .'

Goleuodd Alec y lamp fatri ac yn ei golau gwan, adnabu Non y ddau. Llaciwyd peth ar bwysau'r llaw ar ei cheg a medrodd holi, 'Be dach chi'n 'i wneud?'

''Run gair, ddwedais i,' atebodd Iwan. 'Dowch allan o'r cwdyn yn araf a heb ddim lol ac fe fydd popeth yn iawn. Os na wnewch chi . . .' daliodd drwyn main y gyllell o dan ei thrwyn yn fygythiol, 'mi gewch flas hon.'

Ufuddhaodd Non.

'Gwisgwch eich dillad!' gorchmynnodd Iwan wedi iddi sefyll ar ei thraed, a rhoes hithau ocheniad o ryddhad; os oeddynt am iddi wisgo, yna nid oeddynt yn bwriadu'i threisio.

'Be 'di rhyw chwarae plant fel hyn?'

'Cau dy geg, y bits fach!' meddai Alec yn filain, 'neu mi gei di weld yn fuan iawn nad chwarae plant rydan ni . . . sbïwr fach yr heddlu!'

'Feiddiwch chi wneud dim i mi. Mae 'na wyliwr yr ochr draw,' heriodd Non yn ddewr.

130

'Mi wyddon ni hynny hefyd,' meddai Alec.

'Man a man ichi ildio'n awr cyn . . .' ebe Non, ond cyn iddi gael cyfle i orffen, torrodd Iwan ar ei thraws dan chwerthin yn isel. 'Cyn be?' meddai. 'Cyn iti nofio am help? Gwisga dy ddillad.'

'Ddim tra byddwch chi'ch dau'n syllu arna i,' atebodd Non.

'Swil, wyt ti?' meddai Alec. 'Tyrd yma!' gan ymestyn ei law i gydio ynddi.

Cyn iddo sylweddoli'i bwriad, roedd Non wedi cydio yn ei arddwrn ag un llaw a rhoi'r llall o dan ei benelin a'i daflu'n ôl dros ei hysgwydd i orwedd yn swpyn yn y gornel. Tra oedd Iwan yn gwylio'n gegagored, neidiodd hithau am yr agoriad ond roedd o'n rhy gyflym iddi a chydiodd am ei chanol a'i llusgo'n ôl. 'Dim campau, ddwedais i,' meddai, gan roi celpan iddi ar draws ei boch.

'Gad y diawl fach i mi!' meddai Alec, yn codi o'r gornel a'i thynnu o afael Iwan. 'Mi ddysga i wers iddi!' Cydiodd yn ei chrys nos a'i rwygo oddi arni. 'Mi fyddi'n ufudd erbyn i mi orffen hefo ti . . .'

Ond cyn iddo gael cyfle i gyflawni'i fwriad, camodd Iwan rhyngddynt.

'Does gynnon ni ddim amser i ryw ffwlbri fel'na,' meddai. 'Mae'n bwysicach inni ei chael i'r cwch ac o'r lle 'ma. Mi gei di gyfle eto.' Trodd at Non. 'Gwisga amdanat,' meddai, 'a dim 'chwaneg o lol, neu myn brain i, fe gaiff Alec ei ffordd.'

Ildiodd Non yn dawel, yn ddiolchgar i Iwan am ei harbed. Gwisgodd yn ufudd a'r ddau ddyn yn gwylio pob symudiad o'i heiddo.

Rhwymwyd ei dwylo y tu ôl i'w chefn a'i thywys rhwng y ddau allan o'r babell. Wedi cyrraedd y cwch fe'i

gosodwyd—fel Meriel o'i blaen—i led-orwedd gyda'r
llwyth yn y cefn. 'Os ceisiwch chi neidio dros ymyl y
cwch, cofiwch fod eich dwylo wedi'u rhwymo,' rhyb-
uddiodd Alec. 'Mi gewch foddi o'm rhan i.'

Gwyddai Non bellach mai ofer fyddai unrhyw ymgais i
ddianc. Doedd dim i'w wneud ond gobeithio y byddai'r
gwyliwr ar y lan yn effro ac yn gallu'i harbed.

Ond fe'i siomwyd. Rhwyfodd Iwan y cwch gan gadw
mor agos ag y gallai i'r ynys. Roedd y glaw mân yn gysgod
gwych rhyngddynt a'r tir mawr. Wedi gwneud yn siŵr
eu bod wedi mynd heibio i'r pentre, croesodd i'r traeth
bychan lle'r oeddynt wedi glanio ynghynt gyda Meriel,
heb i wyliwr yr heddlu weld nac amau dim.

Roedd y fen yn disgwyl amdanynt ar ben y llwybr a
godai o'r traeth a rhoed Non yn y cefn gyda'r llwyth.
Arhosodd Iwan i gadw gwyliadwriaeth tra aeth Alec i nôl
y Land Rover a adawyd ym mhen uchaf y pentre, sbel o'r
cei. Unwaith eto, methodd y gwyliwr glywed na chanfod
dim.

12

Roedd Sarjant Price ar ganol rhoi adroddiad i'r Inspector
am ei ymweliad â charafán Cenwyn Pughe pan ddaeth
galwad ffôn i'w bennaeth. Roedd yn amlwg oddi wrth
ymateb Rees fod rhywbeth o'i le.

'Dydi Non ddim wedi cysylltu â Rogers fel y trefnwyd,'
meddai'r Inspector yn bryderus, ar ôl rhoi'r ffôn i lawr.
Fe'i cododd drachefn a gorchymyn ar i ddau lond car o'r
C.I.D. fod yn barod ar unwaith. 'Reit,' meddai wrth
Price. 'I lawr â ni i'r ceir.'

Yn y car, daliodd Price ar y cyfle i gwblhau'i adroddiad am ei ymweliad â charafán Pughe: 'Mae'r hen Bughe ynddi dros 'i ben a'i glustiau, syr,' meddai. 'Roedd y ffon a ddefnyddiwyd i ymosod ar Darlington wedi'i chuddio o dan fatres y gwely.'

Syllodd yr Inspector o'i flaen am eiliad fel pe na bai wedi clywed y sarjant yn siarad, ac yna holodd, 'Be wnest ti hefo hi?'

'Mae hi yng ngofal yr adran fforensig,' atebodd Price.

'Damio!' rhegodd ei bennaeth. 'Does 'na ddiawl o ddim yn cael 'i wneud yn iawn yn yr ymchwiliadau 'ma! Taset ti wedi gadael y ffon lle'r oedd hi fe fasen ni wedi medru mynd â Pughe yno a mynnu eglurhad. Rhaid mynd â hi'n ôl.'

Derbyniodd Price y cerydd yn dawel; gwyddai fod yr Inspector yn pryderu am Non. Cadarnhawyd hynny gan ei eiriau nesaf: 'Os ydi'r criw 'na wedi mynd â Non oddi ar yr ynys heb i Rogers sylwi, mi ofala i'n bersonol y bydd o'n cerdded ffyrdd cefn gwlad nes daw o i'w bensiwn ...'

Safai Rogers ar y cei yn aros amdanynt yng nghwmni pysgotwr lleol.

Cyn i'r Inspector gael cyfle i ddweud gair, daliodd ar ei gyfle i achub ei gam: 'Mae Llew fan hyn yn barod i fynd â chi drosodd i'r ynys yn ei gwch modur, syr,' meddai.

'Diolch am hynny!' meddai Rees yn swta. 'Welsoch chi rywun yn croesi o'r ynys?'

'Naddo, syr,' meddai Rogers, 'a does 'na'r un gair wedi dŵad oddi wrth Non.'

'Reit,' meddai Rees, 'fe awn ni drosodd 'te. Arhoswch chi yn fan hyn i wylio—a thrïwch beidio â syrthio i gysgu!' meddai wrth Rogers.

Dringodd hanner dwsin ohonynt i lawr i'r cwch pysgota ac fe'i gyrrwyd drosodd i'r ynys gan y pysgotwr. Roedd yr Inspector allan o'r cwch cyn iddo lanio'n iawn ac fe'i dilynwyd gan y gweddill. Anfonwyd rhai ohonynt i chwilio'r ynys i wneud yn siŵr nad oedd modd i neb ddianc a hefyd nad oedd lloches o'r tu allan i'r gwersyll lle y gellid bod wedi cuddio Non.

Pan gerddodd yr Inspector a'i griw i mewn i'r gwersyll, roedd yn amlwg fod aelodau'r comiwn yn eu disgwyl.

Eglurodd Rees bwrpas ei ymweliad, gan ychwanegu, 'Ches i ddim cydweithrediad pan o'n i yma o'r blaen ond rwy'n mynnu'ch bod yn cydweithredu y tro hwn . . . ac os oes rhywbeth wedi digwydd i W.P.C. Davies, Duw a'ch helpo.'

Gŵr ifanc barfog a atebodd drostynt: 'Mae 'na ddwy ferch wedi bod yma, Inspector,' meddai. 'Chawson ni ddim gwybod enw'r gynta; doedden ni ddim yn cael ymwneud â hi o gwbl. Alec a Iwan oedd yn gofalu amdani.'

'Ble mae hi rŵan?'

'Does gynnon ni ddim syniad. Fe aed â hi odd'ma yn ddiarwybod i ni, ar ôl eich ymweliad chi.'

Troes yr Inspector at Price: 'Cer drwy'r gwersyll 'ma â chrib fân,' gorchmynnodd. 'A be am y ferch arall ddaeth yma ddeuddydd yn ôl—W.P.C. Davies?' meddai, gan droi'n ôl at y gŵr barfog.

'Fel Non roedden ni'n ei nabod hi,' meddai'r gŵr ifanc. 'Roedd hi yma neithiwr ac fe aeth i'w gwely fel y gweddill ohonon ni, ond does dim sôn amdani bore 'ma, ac mae Iwan ac Alec wedi diflannu hefyd . . .'

'Os oedd Meriel Pughe yma pan alwais i'r tro cynta,' meddai, 'pam gythral na fasech chi wedi dweud wrtha i?'

'Wydden ni ddim ar y pryd pwy oedd hi,' atebodd y siaradwr, 'ac roedden ni dan fygythiad y caem ein hanfon o'r ynys gan y perchennog petaen ni'n sôn gair amdani.'

'Pwy oedd yn eich bygwth?'

'Alec ac Iwan.'

'Oedden nhw'n gwneud rhywbeth arbennig tra oedden nhw ar yr ynys?'

Doedd neb yn awyddus iawn i'w ateb. 'Roedd y ddau'n gadael y gwersyll yn hwyr ambell i noson,' meddai un o'r merched o'r diwedd, 'ac yna'n croesi i'r tir mawr y diwrnod wedyn.'

'Oes gan rywun ohonoch chi syniad pam?'

Y tro hwn nid atebodd neb. Ac roedd y distawrwydd hwnnw'n cadarnhau amheuon yr Inspector: amheuon am fewnforio cyffuriau.

Dychwelodd Price a'r plismyn eraill i ddweud eu bod wedi methu cael hyd i Non yn unman. 'Mae'n rhaid fod Alec ac Iwan wedi mynd â hi odd'ma yn ystod y nos,' meddai'r sarjant.

Ni allai Rees lai na chytuno. Sylweddolodd mai ofer oedd gwastraffu mwy o amser ar yr ynys. Gadawodd ddau o'i ddynion ar ôl i holi aelodau'r comiwn ymhellach ac aeth yntau'n ôl gyda Price a'r gweddill.

Wedi glanio'r ochr draw, rhoes bryd o dafod grymus i Rogers.

'Mae'n wir ddrwg gen i, syr,' ymddiheurodd yntau. 'Rwy'n sicr o un peth—wnaethon nhw ddim glanio ar y cei. Roedd yn anodd iawn gweld allan i'r môr neithiwr oherwydd y tywydd ac fe allen nhw'n hawdd fod wedi dilyn glannau'r ynys nes gadael y pentre ar ôl, a chroesi wedyn.'

Roedd yn rhaid i'r Inspector gydnabod dilysrwydd ei amddiffyniad.

'Mae'r Land Rover oedd wedi'i pharcio ym mhen ucha'r pentre wedi mynd hefyd, syr,' meddai Rogers, 'ond mae gen i ddisgrifiad ohono, a'i rhif.'

'Diolch byth am hynny!' meddai Rees, a throdd at ei sarjant. 'Gad inni fynd o'r twll lle 'ma. Mae pob Land Rover yr un fath, hyd y gwn i, ond mae'n debyg y gallwn ni ddilyn trywydd y rhif.'

*   *   *

Rhoddwyd y gwaith o chwilio am y Land Rover ar y gweill gynted iddynt ddychwelyd i Abermorlais, a gyrrwyd Price i roi'r ffon a ganfuwyd yng ngharafán Pughe yn ôl yn yr un fan yn union.

Pan ffoniodd yr Inspector Pughe yn ddiweddarach i ofyn iddo'i gyfarfod ym maes carafanau'r Hebog, roedd yn gyndyn iawn i ddod, nes i'r Inspector fygwth gyrru car heddlu a dau o'i wŷr i'w hebrwng.

Ni chychwynnodd yr Inspector a Sarjant Price ar unwaith; roedd arnyn nhw eisiau cyrraedd yn hwyr a chadw Pughe ar bigau'r drain. A dyna'n union a ddigwyddodd. Pan gyraeddasant y maes carafanau roedd Pughe yn sgwrsio ger drws y swyddfa gyda Turner, ei oruchwyliwr.

'Mi rydw i yma ers meitin,' meddai'n flin, gan brysuro tuag atynt. 'Mae gen i reitiach gwaith i'w wneud na sefyll fan hyn yn gwastraffu amser . . .'

'Mae'n ddrwg gen i, Mr. Pughe,' ymddiheurodd Rees, 'ond fe gododd un neu ddau o bethau annisgwyl fel roedden ni ar gychwyn. Fe awn ni draw i'ch carafán chi ar ein hunion.'

Fel roedd car yr heddlu ar gychwyn holodd Turner a oeddent am iddo ef eu dilyn.

'Na, dim diolch, Mr. Turner,' atebodd yr Inspector. 'Fyddwn ni ddim yn hir.'

Gwyliodd Turner eu car yn mynd, â gwên fach faleisus yn chwarae o gylch corneli ei geg.

'Oes 'na unrhyw beth yn eich carafán all fod o gymorth i ni yn ein hymchwiliadau i'r ddwy lofruddiaeth 'ma, Mr. Pughe?' gofynnodd yr Inspector yn sydyn.

Edrychodd Pughe arno mewn syndod. 'Ddaethoch chi â mi'r holl ffordd yma i ofyn cwestiwn dwl fel'na?'

'Dydi o ddim mor ddwl â hynny, Mr. Pughe,' atebodd Rees.

Arweiniodd Pughe hwy i mewn i'w garafán, gan barhau i gwyno. 'Mr. Pughe, oes 'na unrhyw beth yma sy â chysylltiad â llofruddiaeth Peter Darlington?' gofynnodd yr Inspector drachefn.

'Nac oes, dim o gwbl,' atebodd Pughe yn flin.

Amneidiodd Rees ar Sarjant Price a chododd yntau ymyl y fatres gan ddatguddio'r ffon yn gorwedd yno. Gadawodd Rees i Pughe syllu arni yn syfrdan ac yna meddai'n dawel:

'Mr. Pughe, ai chi 'di perchennog y ffon yma?'

Safai Pughe yn union fel pe bai wedi gweld drychiolaeth, yna llwyddodd i ddweud: 'Dduw mawr! Sut daeth honna i fanna?'

'Chi piau'r ffon, felly, Mr. Pughe?' gofynnodd Rees.

Ni allodd ond amneidio'n fud.

'Ga i awgrymu, Mr. Pughe, mai chi guddiodd y ffon 'na, wedi i chi'i defnyddio i lofruddio Peter Darlington, ac yna'ch bod chi wedi perswadio merch y Prif Gwnstabl i ddweud anwiredd i'ch amddiffyn?'

Roedd Pughe mor welw ag eira ac fel petai ar fin cwympo. Cydiodd Price yn ei fraich a'i roi i eistedd.

'Ger bron Duw,' sibrydodd, 'nid fi laddodd Darlington.'

Nid oedd yr Inspector am ollwng ei afael mor rhwydd â hynny. Bu'n ymbalfalu yn y tywyllwch yn rhy hir . . .

'Pam defnyddio ffon *a* phocer i'w lofruddio?' gofynnodd.

Edrychodd Pughe arno mewn syndod cyn hanner llefain: 'Pocer! Pocer! Does gen i ddim syniad am be dach chi'n sôn!'

'Yn ôl tystiolaeth y meddyg, Mr. Pughe,' eglurodd Rees, 'fe drawyd Darlington â ffon i ddechrau, y ffon yna,' ychwanegodd, gan amneidio ati, 'ac yna fe'i lladdwyd â phocer.'

Lledodd gwawr o ryddhad dros wyneb Pughe, ac â dagrau ar ei ruddiau, llefodd, 'O, diolch i Dduw! Diolch i Dduw. Nid fi lladdodd o!'

'Mr. Pughe,' meddai Rees, 'mae'ch atebion i 'nghwestiynau i i gyd hyd yma wedi bod yn frith o gelwyddau. Mae'n anodd gen i gredu'ch bod yn dweud y gwir yn awr. Mae gen i ddigon o dystiolaeth i'ch restio ar fater o lofruddiaeth.'

Nid oedd gronyn o falchder nac urddas yn ymarweddiad Pughe bellach. Fe'i sigwyd yn llwyr.

'Inspector,' meddai'n dawel, 'mi ddweda i'r cwbl wrthoch chi.'

Adroddodd hanes y lluniau a'i ymweliad â chartref Darlington, a'i hanes yn perswadio Ann Hartwell Jones i ddweud celwydd drosto. 'Ar fy llw, Inspector,' ychwanegodd, 'welais i ddim pocer, llai fyth ei ddefnyddio. Yn fy nryswch mi adewais y ffon ar ôl ac wn i ar y ddaear sut y daeth hi yma, o bobman.'

Wedi gwrando'n astud arno, ni allai Rees lai na theimlo'i fod, y tro hwn, yn clywed y gwir am y tro cyntaf.

'Oes gynnoch chi ryw syniad pwy allai fod wedi anfon y lluniau ichi?' gofynnodd.

'Mae gŵr yn gwneud llawer o elynion ym myd masnach, Inspector,' atebodd, 'ond does gen i ddim syniad pwy fase'n gwneud peth mor ddieflig â hyn . . .'

Gwylltiodd Rees yn gaclwm. 'Ddyn byw!' meddai. 'Mae 'ma ddwy lofruddiaeth wedi digwydd a'r ddwy yn gysylltiedig â chi. Mae'ch merch, Meriel, wedi'i herwgipio ac mae un o'm merched innau a geisiodd ei hachub ar goll ac mewn peryg. Faint mwy sy raid digwydd cyn y byddwch chi'n barod i ddweud yr holl wir?' Trodd at y sarjant, 'Cer â fo i'r celloedd o 'ngolwg i, wir.'

'Meriel wedi'i herwgipio?' meddai Pughe yn floesg. 'Stephens, y cythral, sy tu cefn i hyn i gyd!'

'Ar ba sail rydych chi'n dweud hynna?' holodd Rees, yn wyliadwrus.

'Mae o'n dial arna i ers blynyddoedd,' atebodd Pughe, 'am imi fod yn gyfrwng i chwalu'i aelwyd, medda fo. Mae o wedi dal bywyd Meriel uwch 'y mhen i i 'ngorfodi i gytuno â'i gynllwynion felltith! . . .'

'A be oedd y rheini?'

'Mynnu imi adael iddo ddefnyddio swyddfeydd fy nghwmni i ddosbarthu cyffuriau.'

'A faint sy wedi'u dosbarthu eisoes?'

'Dim o gwbl, ar fy llw!' atebodd Pughe. 'Yn ystod y dyddiau diwetha 'ma roedd y cynllun i'w roi ar waith. Roedd o am wneud helfa cyn cefnu ar y wlad.'

139

'Ac i'ch arbed eich hun, roeddech chi'n barod i adael i gannoedd o bobl ifanc gael eu caethiwo—am oes, falle—i ddylanwad cyffuriau?' gofynnodd yr Inspector yn ddidostur.

'Na,' mynnodd Pughe. 'Mae'n wir 'mod i wedi bod ar fai enbyd ac mae wedi costio'n ddrud imi, ond roedd pen draw i'r hyn roeddwn i'n barod i'w wneud a dyna pam, yn ôl pob tebyg, y llofruddiwyd Lisa.'

'Oes gynnoch chi unrhyw dystiolaeth ar ddu a gwyn i gadarnhau'ch cyhuddiadau yn erbyn Stephens?'

'Nac oes, Inspector, dim ar y ddaear. Mi fu'n rhy gyfrwys i hynny. Ond rwy'n siŵr o un peth—mae o'n greadur dialgar.'

'Oes gynnoch chi unrhyw syniad ble mae o ar hyn o bryd?'

'Nac oes, ond os daw o i gysylltiad â mi, chi fydd y cynta i gael gwybod. Mi ro i 'ngair ichi ar hynny. Ga i fynd adre'n awr?' holodd yn obeithiol.

Pendronodd Rees cyn ateb: 'Na,' meddai, yn y man. 'Mae'n rhaid ichi ddod i lawr i'r pencadlys gynta. Mae'n ofynnol ichi wneud datganiad a'i arwyddo. Wedi hynny mi ga i air â'r Prif Gwnstabl. Mi gawn ni weld . . .'

Roedd wyneb Pughe yn gymysgfa o siom a gofid.

Gwyliodd Turner, y goruchwyliwr, gar yr heddlu yn aros ger ei swyddfa a ditectif yn disgyn ohono ac yn mynd i gyfeiriad car Pughe. Eisteddai ef yng nghefn car yr heddlu a Sarjant Price wrth ei ochr. Trodd Turner o'r ffenest a gwên fach foddhaus ar ei wyneb. Arllwysodd wydraid o whisgi iddo'i hun a'i yfed gyda mwynhad. 'Dyna adar hwnna wedi dod adre i glwydo,' meddai wrtho'i hun.

*   *   *

140

Cerddodd Cenwyn Pughe allan o bencadlys yr heddlu ac i'w gar, yn teimlo fel petai pwysau enbyd wedi'u symud oddi ar ei feddwl. Wedi iddo gael ei holi'n fanwl ac iddo gwblhau'i ddatganiad, cytunwyd iddo gael mynd adref, gyda chaniatâd y Prif Gwnstabl.

'Mae pethau'n dechrau goleuo, syr,' meddai Sarjant Price.

'Ydyn, diolch i'r drefn,' atebodd yr Inspector. 'Oes 'na ryw wybodaeth ynglŷn â Non?'

'Ddim ar hyn o bryd, syr, ond mae 'ma ddau adroddiad diddorol iawn ar Stephens a Turner wedi cyrraedd. Mae'r un ar Stephens yn cadarnhau stori Pughe, i raddau. Mae'n debyg fod gwraig Stephens yn dal yn ddig iawn. Wedi iddi hi a'r ferch gael y pen meinaf i'r ffon, roedd yn barod i adrodd stori'r gorffennol heb flewyn ar ei thafod. Mi chwaraeodd yr hen Bughe ffon ddwybig â hi a'i merch, heb sôn am Stephens. Yn ôl pob tebyg, y fo ydi tad plentyn y ferch, er nad oes modd profi hynny. Canlyniad y cyfan oedd rhwygo aelwyd Stephens yn yfflon a difetha'i yrfa yn yr heddlu.'

'Mi faswn i'n tybio nad gan wraig Stephens roedd yr unig reswm dros fod yn chwerw, o ystyried campau Pughe hefo gwahanol ferched,' meddai Rees.

'Mae hynny'n ddigon gwir,' cytunodd Price, 'ond nid dyna'r stori i gyd, o bell ffordd. Fe geisiodd Stephens sefydlu ysgol farchogaeth mewn partneriaeth hefo Turner, ond fe aeth yr hwch drwy'r siop, ac un o'r rhesymau am hynny oedd i Stephens ddechrau cyboli hefo gwraig Turner.'

'A dyna pryd y sefydlodd Stephens ei asiantaeth ymchwil, debyg,' meddai'r Inspector, 'wedi i bethau fynd yn ffliwt rhyngddo fo a Turner?'

'Digon tebyg,' meddai Price, 'ond yr hyn sy'n ddirgel-wch ydi sut mae o'n medru byw mor fras ar fusnes digon tila mewn lle fel Abermorlais?'

'Godro Pughe a Darlington falle,' awgrymodd yr Inspector.

'Os felly,' meddai'r sarjant, 'pam lladd y fuwch roedd o'n 'i godro?'

'Amser a ddengys,' meddai Rees. 'Rŵan, be am Turner?'

'Mae'i stori o'n dristach, rywsut,' atebodd Price. 'Wedi'r ffrae a'r helynt hefo Stephens, mae'n debyg i'w wraig a'i ferch adael y lle 'ma am Wolverhampton. Roedd y ferch wedi dechrau cymryd cyffuriau yn yr ysgol dan ddylanwad Darlington, a gwaethygodd pethau ar ôl iddi hi a'i mam symud. Yn ôl heddlu Wolverhampton, bu farw ryw flwyddyn neu ddwy yn ôl a chyflawnodd y fam hunanladdiad o fewn ychydig wythnosau ... Ar ben hynny, roedd Turner wedi bod yn gamblo ers blynyddoedd —a gamblo'n go drwm hefyd. Mae'n debyg mai dyna sut yr aeth hi'n siafins yn y maes carafannau ac i Pughe brynu'r lle am y nesa peth i ddim.'

'Bobol bach!' meddai'r pennaeth. 'Mae hon fel stori bapur dydd Sul ... Gyda llaw,' ychwanegodd, gan osod llun ar y ddesg o flaen y sarjant, 'dyna lun arall a dderbyniodd Pughe drwy'r post. Diddorol yntê?'

Y llun o Lisa Pughe a Peter Darlington yn mynd i mewn i'r garafán ydoedd. 'Pwy dynnodd hwn?' holodd Price. 'A phryd? Os mai dyma'r unig dro i Lisa fynd i'r garafán, pam fod Turner wedi rhoi disgrifiad anghywir o'r boi oedd hefo hi?'

'Cwestiynau diddorol iawn,' meddai'i bennaeth. 'Wrth gwrs dydi o ddim yn dilyn o reidrwydd fod Turner

142

wedi rhoi disgrifiad anghywir, mwy nag y gellir casglu mai unwaith yn unig y bu Lisa yn y garafán.'

'Mae un peth yn siŵr, syr,' meddai Rees, 'os daw o i glustiau Stephens fod Pughe wedi arllwys 'i gwd, rown i'r un ffeuen am fywyd Meriel—na Non 'chwaith, o ran hynny.'

'Na,' cytunodd yr Inspector. 'Mae'n rhaid inni gael mwy o wybodaeth am y ddwy, cyn iddi fynd yn rhy hwyr. Duw a ŵyr be ddwedai'r Prif Gwnstabl pe digwyddai rhywbeth iddyn nhw.'

Yr eiliad honno daeth D.C. Rogers i mewn, yn wên o glust i glust. 'Newydd da iawn, syr,' meddai'n llon. 'Mi rydyn ni wedi llwyddo i leoli'r Land Rover.'

'Go dda!' meddai Rees. 'Ymhle?'

'Wel, syr,' atebodd Rogers, 'roedd 'na ryw hen fugail wedi cwyno wrth un o fechgyn yr adran iwnifform fod 'na rywun mewn Land Rover wedi peryglu'i ddefaid o, ac mi fu'n ddigon sylwgar i godi'i rhif hi. Mi es i drwy'r ffeiliau a chysylltu â'r Adran Gofrestru yn Abertawe, ac fe lwyddon nhw i ganfod enw a chyfeiriad y perchennog.'

'A phwy ydi o a ble mae o'n byw?' gofynnodd Rees.

'Ar fferm o'r enw Cefn Cimwn, syr, ym mherfeddion y wlad uwchben Pontarfynach,' atebodd y ditectif.

'Da iawn,' meddai'i bennaeth. 'Reit, Price,' meddai, gan droi at y sarjant, 'mi fydd arna i eisio tri char a chriw i bob un i adael ymhen chwarter awr. Mi a' i i gael gair â'r Chief ar unwaith.'

143

13

Roedd yn nosi fel y teithiai'r tri char i gyfeiriad ffermdy Cefn Cimwn, a chymysgfa o law mân a niwl mynydd yn crynhoi o gylch y fan.

'Mae'r tywydd 'ma'n ein siwtio ni i'r dim,' meddai Inspector Rees. 'Go brin y bydden nhw'n disgwyl ymwelwyr ar noson fel hyn.'

Arhosodd y ceir o fewn rhyw hanner milltir i'r fferm, a galwodd yr Inspector ei ddynion ynghyd i'w cyfarwyddo ynglŷn â threfn y cyrch ar y tŷ. Ei rybudd olaf iddynt oedd nad oedd neb i wneud dim nes iddynt dderbyn gorchymyn oddi wrtho ef.

'Fe aiff Price a minnau am y drws ffrynt, ynghyd â dau arall, a'r gweddill ohonoch drwy'r drws cefn,' meddai.

'Mae'n amlwg fod rhywun gartre, syr,' meddai Price. 'Mae'r golau arno mewn amryw o stafelloedd.'

'Ydi,' cytunodd yntau. 'Mi fentra i mai i fyny mae'r merched, os ydyn nhw yma o gwbl; mi awn ni'n dau'n syth am y grisiau.'

O fewn llai na thafliad carreg i'r tŷ, swatiodd y pedwar yng nghysgod wal gerrig i roi cyfle i'r gweddill gyrraedd y cefn. Yna, rhoes yr Inspector orchymyn dros ei radio. 'I mewn . . . rŵan!'

O fewn eiliadau roedd ef a'i wŷr ar warthaf y tŷ. Rhoddodd yr Inspector hergwd i'r drws a rhuthro i mewn. 'Gwyliwch y rheina,' meddai wrth y ddau dditectif oedd gydag ef a Price, gan amneidio tuag at ddau ŵr ifanc oedd yn eistedd wrth fwrdd y gegin.

Rhuthrodd i fyny'r grisiau a'r sarjant ar ei sodlau. Gwthiodd un o'r drysau oedd â llain o olau'n dangos oddi tano ar agor yn ddiseremoni.

'Ble mae'r merched?' gofynnodd yn wyllt i'r dyn a safai yng nghanol yr ystafell yn stryffaglio i wisgo'i drowsus, gan gydio ynddo gerfydd ei war.

Ni allai hwnnw wneud dim ond amneidio'n fud i gyfeiriad ystafell arall gyferbyn. Llusgodd yr Inspector ef allan fel ag yr oedd, tra croesodd Price at y drws a cheisio'i agor. Roedd ar glo. Rhoes un hergwd galed iddo â'i ysgwydd nes malu'r clo tila'n yfflon a rhuthrodd i mewn, a Rees a'r carcharor yn ei ddilyn.

Safai Non ar ganol y llofft, yn amlwg wedi'i chynhyrfu gan y sŵn gweiddi a'r drws yn cael ei agor mor sydyn. Ond cyn gynted ag y gwelodd pwy oedd yno trawsnewidiwyd ei hwyneb a llanwodd â llawenydd. 'O, diolch i'r nefoedd!' ebychodd.

'Ydych chi'n iawn, Non?' holodd ei phennaeth.

'Ydw rŵan, syr,' atebodd hithau'n ddiolchgar, 'ond dwn i ddim be fydde wedi digwydd pe baech chi heb gyrraedd heddiw. Mi roedd Stephens a'r creadur peryg 'na, Alec Durban, yma neithiwr yn bygwth yn ofnadwy . . .'

'Peidiwch â phoeni amdanyn nhw bellach,' meddai Rees, 'mae'r ddau'n siŵr o fod mewn cyffion erbyn hyn.'

'Dydw i ddim mor siŵr am hynny, syr,' meddai Non. 'Fe aeth y ddau odd'ma ben bore yn y Land Rover, a dydw i ddim yn meddwl eu bod wedi dychwelyd.'

'Damio!' ebychodd Rees. 'Gobeithio nad ydi hynny'n wir . . . Ble maen nhw?' gofynnodd i'w garcharor gan roi ysgytwad iddo.

'Fel mae hi'n dweud,' atebodd, gan amneidio i gyfeiriad Non, 'dydan nhw ddim wedi dŵad yn ôl.'

Gollyngodd Rees ef yn flin. 'Gad iddo wisgo'i drowsus yn iawn,' meddai wrth y Sarjant, 'ac yna rho'r cyffion arno fo.'

Trodd at Non. 'Ydi Meriel yma?' gofynnodd.

'Ydi,' atebodd hithau. 'Mae hi yn y gwely yn fanna,' meddai, gan edrych i gornel yr ystafell. 'Gorau po gynta y gallwn ni 'i chael hi i'r ysbyty, syr. Rwy'n ofni'i bod hi mewn cyflwr go ddrwg. Maen nhw wedi chwistrellu cymaint o gyffuriau i'w chorff hi nes eu bod yn dod allan o'i chlustiau, bron.'

Gwireddwyd ofnau Non, a phylwyd cryn dipyn ar lawenydd yr Inspector o'i chanfod hi a Meriel yn ddiogel— doedd Stephens nac Alec ddim ymhlith y rhai a restiwyd.

'Os oes rhywun yn gwybod ble mae'r ddau,' meddai Non, 'Iwan ydi hwnnw. Mae o dros ei ben a'i glustiau yn yr helynt. Roedd o'n un o'r ddau a restiwyd yn y gegin.'

Eithr wedi'i holi nid oeddent fawr elwach.

Roedd o naill ai'n gwybod dim neu'n amharod i ddatgelu'r hyn a wyddai.

Archwiliwyd y ffermdy'n fanwl a chanfod digon o dystiolaeth ei fod yn cael ei ddefnyddio fel canolfan i dderbyn a dosbarthu cyffuriau.

'Mae 'na rywfaint o gysur yn hynny,' meddai Price, mewn ymgais i liniaru peth ar siom ei bennaeth.

'Cysur mawr, a dweud y gwir,' cytunodd Rees. 'Bydd gan yr adran fforensig a'n ffrindiau yn Adran Gyffuriau New Scotland Yard ddiddordeb mawr yn y lle yma.'

Aethpwyd â'r rhai a restiwyd—tri gŵr a dwy ferch—i bencadlys yr heddlu yn Abermorlais; trefnwyd i symud Meriel Pughe i ysbyty'r dref a hysbyswyd ei rhieni ei bod yn ddiogel. Ar ôl iddo gyflwyno'i adroddiad ar y cyrch i'r Prif Gwnstabl, a threfnu fod y rhai a restiwyd yn cael eu croesholi, aeth yr Inspector draw i'r ysbyty i aros am rieni Meriel. Cyfarfu â hwy yn y cyntedd a'u rhybuddio o gyflwr eu merch cyn mynd gyda hwy i ofyn caniatâd y meddyg i gael ei gweld. Arweiniodd y meddyg hwy i mewn i'r ward fechan, a chamodd y rhieni'n ofnus a phryderus at erchwyn ei gwely ac edrych i lawr arni. Nid oeddynt wedi'i gweld ers dwy flynedd, a pharodd yr hyn a welsant fraw enbyd iddynt.

Eisteddodd ei mam wrth y gwely. 'O Meriel, Meriel fach, be mae'r cythreuliaid wedi'i wneud iti?' sibrydodd yn drist.

Syllai'i thad arni fel petai wedi'i barlysu—roedd ei gwallt euraid wedi colli'i raen a'i liw, ei bochau llawn wedi'u rhychu, ei hwyneb fel marmor gwyn a'i dau lygad wedi suddo'n ddwfn i'w phen. Ar ddillad y gwely gorweddai dwy law lwydlas, greithiog, chwyddedig.

'Stephens a'i blydi cyffuriau!' sibrydodd Cenwyn Pughe, a'r dagrau'n llifo i lawr ei ruddiau.

Eisteddodd yr ochr arall i'r gwely a chymerodd ei wraig ac yntau ddwylo'u merch yn eu dwylo hwythau a'u hanwesu'n dyner.

'Mam a Dad sy 'ma, Meriel,' sibrydodd ei mam.

Agorodd Meriel ei llygaid o'r diwedd ac edrychodd ar y naill a'r llall o'i rhieni, gan symud ei llygaid yn unig. Daeth gwên fach dila i'w hwyneb a threiglodd dau ddeigryn yn araf i lawr ei gruddiau. Ceisiodd gydio yn eu dwylo. Gadawodd yr Inspector hwy yno, ar ôl cael ar ddeall gan y meddyg na châi holi Meriel ar hyn o bryd.

Caniatawyd i'w rhieni eistedd gyda'u merch am amser, ac yna daeth y nyrs atynt a dweud fod y meddyg am gael gair â hwy. Fe'u harweiniwyd i'w ystafell.

'Mae'n gwbl amlwg,' meddai wrthynt, 'ei bod wedi bod ar gyffuriau caled ers amser a wyddon ni ddim yn iawn, hyd yma, faint o niwed sy wedi'i achosi i'w system. Amser yn unig a ddengys. Ar hyn o bryd, mae'i chyflwr yn bur isel a pheryglus ond mae'n rhaid inni fyw mewn gobaith.'

'Oes gynnoch chi ryw syniad pryd y ceith hi ddod adre?' gofynnodd Cenwyn Pughe.

'Mae'n anodd dweud, ar hyn o bryd,' atebodd y meddyg. 'Fe gymer gryn amser inni 'i chryfhau ac yna mae'r gwaith o'i diddyfnu o'i dibyniaeth lwyr ar gyffuriau. Fe ellwch chi helpu llawer drwy fod gyda hi mor aml ag sy'n bosib—i roi hyder iddi ac, yn bwysicach fyth, i roi iddi ymdeimlad o ddiogelwch. Mae hi'n siŵr o gael cyfnodau enbyd pan fydd yr awydd am heroin yn ddirdynnol, a bydd raid ei chynnal drwy hynny.'

'Fe wnawn ni bopeth o fewn ein gallu,' meddai Pughe, gan roi'i fraich am ysgwyddau'i wraig.

*   *   *

Cafodd Non groeso mawr pan gyrhaeddodd y pencadlys yn y bore i roi'i hadroddiad i'r Inspector, a llawer o dynnu coes am gymryd lîf heb ganiatâd. Derbyniodd hithau'r tynnu coes yn llawen. Roedd yn falch o fod yn rhydd i adrodd yr hanes.

'Mae'n amlwg, syr,' meddai wrth yr Inspector, 'fod gwreiddiau'r cynllwyn yn ymestyn ymhell y tu hwnt i ffiniau Abermorlais a bod arian mawr yn cael ei drafod.'

'Be am Stephens?' holodd Rees. 'Pam roedd o'n bygwth cymaint?'

'Dydw i ddim yn siŵr,' atebodd hithau, 'os nad oedd

'na ryw beryg annisgwyl wedi codi oedd yn bygwth 'i blaniau o. Yn ôl yr hyn ro'n i'n gasglu, roedd Alec a fyntau'n mynd â llwyth i rywle bore ddoe. Dwn i ddim a oedden nhw'n bwriadu dychwelyd i'r fferm ai peidio. Diolch i'r drefn nad oedden ni'n dal yno, beth bynnag. Hoffwn i ddim i'r Alec 'na gael 'i ddwylo arna i. Un peryg ydi o ag un syniad yn 'i ben—cael digon o arian i fedru cefnu ar y wlad 'ma am byth.'

'Rhaid inni drio'i berswadio fo i aros!' meddai'r Inspector, 'ond nid mewn gwesty moethus, 'chwaith!'

*   *   *

Cyrhaeddodd Stephens ac Alec y tyddyn bach oedd ganddynt yn y wlad.

'Mi fuon ni'n gythral o lwcus i glywed ar radio'r Land Rover am y cyrch ar Gefn Cimwn,' meddai Alec yn falch.

'Do,' cytunodd Stephens. 'Mae'r heddlu'n hael hefo'u newyddion, weithiau.'

'Be nesa, bòs?' gofynnodd Alec.

'Mi symudwn ni'r llwyth odd'ma yn y fen las. Fyddan nhw ddim yn meddwl atal honno gan na wyddan nhw ddim amdani. Aros di yma nes do i'n fy ôl wedi cwblhau'r trefniadau hefo criw Lerpwl ac fe godwn ein pac.'

Nid oedd Durban yn rhy hoff o gael ei adael tra bod Stephens yn symud y llwyth ei hun, ond gorfu iddo gytuno â'r trefniant. Cynorthwyodd ei feistr i drosglwyddo'r llwyth i'r fen las ac yna aeth yn ôl i'r tŷ i swatio'n ddiamynedd.

Cefnodd Stephens ar y tyddyn heb unrhyw fwriad i ddychwelyd. Doedd Alec Durban yn dda i ddim iddo'n awr, a'r dasg nesaf oedd i gael gwared ohono, unwaith ac

149

am byth. Gyrrodd cyn belled â'r groesffordd gyntaf ac aros y tua allan i'r bwth ffôn. Deialodd rif pencadlys yr heddlu yn Abermorlais.

'Gwrandwch,' meddai, 'rydach chi'n chwilio am ŵr o'r enw Alec Durban. Mi wn i ble mae o. Mae o'n llechu mewn tyddyn bum milltir y tu allan i Abermorlais ...' ac aeth yn ei flaen i egluro ble'n union yr oedd y tyddyn.

'Am funud, syr,' meddai'r heddwas a'i hatebodd. 'Ga i'ch enw a'ch cyfeiriad, os gwelwch yn ...'

'Does gynnoch chi ddim amser i'w wastraffu os ydach chi am ei ddal,' meddai Stephens ar ei draws, gan anwybyddu'r cwestiynau. 'A gair o rybudd—mae o'n arfog a fydd o ddim yn ôl o ddefnyddio'r dryll.'

A rhoddodd y ffôn i lawr.

*   *   *

Arhosodd dau gerbyd yr heddlu o fewn chwarter milltir i'r tyddyn a, than gyfarwyddyd Inspector Rees, nesaodd y gwŷr arfog yn araf a phwyllog tuag ato. Safai'r tyddyn o fewn hanner lled cae i'r ffordd fawr ac nid oedd ond un ffordd gul yn arwain ato, ffald fechan o'i flaen a gardd ehangach yn y cefn.

Gorchymyn olaf yr Inspector i'w wŷr oedd nad oeddent i ddefnyddio'u harfau ar unrhyw gyfrif oni bai i Durban danio gyntaf ac i'w bywydau gael eu peryglu. 'Rwyf am ei gael yn fyw,' meddai'n bendant.

Arhosodd nes derbyn cenadwri gan Sarjant Price yn cadarnhau fod pawb yn ei le ar gyfer yr ymosodiad, ac yna cydiodd mewn megaffon a galw:

'Alec Durban! Heddlu Abermorlais sydd yma! Mae'r tŷ wedi'i amgylchynu! Does gennych chi ddim gobaith dianc! Ildiwch yn dawel!'

Pan na dderbyniodd unrhyw ymateb o'r tyddyn, galwodd eilwaith: 'Durban, mi wyddom eich bod chi yna! Mae'ch cyfaill, Stephens, wedi'ch bradychu!'

Clywsant sŵn gwydr yn malu a Durban yn ateb:

'Nid fel'na mae dal hen lwynog! Dyna un o driciau'r heddlu! Does ond un ffordd yr a' i odd'ma!'

Wedi ysbaid o dawelwch, galwodd yr Inspector drachefn: 'Durban! Oni bai inni dderbyn neges ffôn gan Stephens fydde gynnon ni ddim syniad ble i gael hyd ichi! Mae o am feddiannu arian y cyffuriau iddo'i hun! Ildiwch! Helpwch ni i'w ddal!'

'Ddim cythral o beryg!' gwaeddodd Durban. 'Mi setla i'r diawl yna tase fo'r peth ola wna i . . .'

Clywodd Rees sŵn gwydr yn malu ac yna ddwy ergyd. Bu tawelwch am rai eiliadau ac yna clywyd llais Durban yn gweiddi a rhegi ac yna sŵn tanio o gefn y tyddyn, cyn i dawelwch ledu dros y fan unwaith eto. Rhedodd Rees i gyfeiriad y sŵn. Yn yr ardd yng nghefn y tyddyn gwelodd ddau yn gorwedd ar eu hyd a dau arall yn plygu uwch eu pennau.

'Cliff ydi o, syr, mae o wedi'i saethu yn 'i frest . . .' galwodd Sarjant Price.

'Ydi o'n ddrwg?' holodd Rees, gan brysuro tuag ato.

'Rwy'n ofni'i fod,' atebodd Price, gan dynnu'i gôt a'i thaenu dros yr heddwas a saethwyd.

Galwodd yr Inspector ar un o'i ddynion i anfon am feddyg ac ambiwlans ar unwaith, ac yna aeth draw i archwilio'r un a glwyfwyd. Roedd gwaed yn dechrau staenio'i ddillad, ac estynnodd Rees hances o'i boced, ei phlygu, a'i gosod dros y clwy gan roi gorchymyn i Price ei dal yn ei lle, mewn ymgais i atal y gwaed rhag llifo . . . 'Mi a' i i weld y llall,' meddai, ond fel y nesâi ato, cododd un o'r ddau dditectif oedd yn plygu uwch ei ben.

'Durban, syr. Mae o wedi marw,' meddai.

'Damio, damio!' ebychodd Rees, 'dyna'r peth ola roeddwn i am iddo ddigwydd.'

'Nid arnon ni roedd y bai, syr,' atebodd y ditectif. 'Fe ddaeth allan o'r tŷ fel dyn gwallgo, yn tanio'i wn, a phan welson ni Cliff yn cwympo, roedd yn rhaid i ninnau danio'n ôl. Fe anelais am ei goesau, ond fe aeth i lawr ar ei gwrcwd, rywfodd, ac fe'i saethais i o yn ei frest.'

'Nid eich beio chi rydw i,' eglurodd yr Inspector. 'Doedd gynnoch chi ddim dewis ond eich amddiffyn eich hunain. Y felltith ydi 'mod i wedi colli tyst cyn cael cyfle i'w holi. Ddwedodd o rywbeth cyn marw?'

Yr ail dditectif atebodd: 'Do, syr. Mi fedrais ddal ar ambell i air, rhywbeth tebyg i ''Stephens y cachgi ... gweld rhywun ... llwyth yn y fen las ...'

'Wel, diolch am rywfaint o wybodaeth, beth bynnag,' ebe'r Inspector yn ddiamynedd. Cwblhaodd y trefniadau i archwilio'r bwthyn a symud corff Durban wedi i'r patholegydd fwrw golwg drosto, ac yna troes am Aber-morlais i gyflwyno'i adroddiad i'r Prif Gwnstabl.

14

Ni theimlodd Stephens unrhyw bigiad o gydwybod o fod wedi bradychu un o'i wŷr. Neidiodd i mewn i'w fen a gyrru fel cath i gythraul i gyfeiriad Glandŵr, gan osgoi'r briffordd hyd y gallai. Pan gyrhaeddodd glwyd maes carafanau'r Hebog, canodd gorn y fen unwaith a daeth

Turner allan o'i swyddfa yn syth i agor y glwyd iddo a'i chau ar ei ôl ac yna ymunodd ag ef yn y fen a'i gyfeirio tua sied ym mhen uchaf y maes, lle y cadwai dractor, motor-beic bychan ac offer gwahanol tuag at gadw'r lle'n ddestlus. Roedd drysau'r sied ar agor a gyrrodd Stephens y fen i mewn a'i pharcio wrth ochr y tractor.

'I be aflwydd roeddet ti'n dod â'r fen i fan hyn, o bobman?' gofynnodd Turner yn flin. 'Beth pe bai'r Inspector yn penderfynu dŵad heibio?'

'Paid â phoeni,' atebodd Stephens, 'dyma'r lle ola y daw o, iti. Mi fydd o'n meddwl 'mod i wedi'i heglu hi o'r ardal ac mi fydd o'n chwilio ym mhob man ond fan hyn. Mae Alec wedi mynd bellach—un yn llai i rannu'r elw . . .'

'Ydi'r llwyth gen ti?' gofynnodd Turner.

'Yn ddiogel yn y fen,' atebodd Stephens. 'Gwerth can mil o arian parod a gorau po gynta i mi 'u cael nhw. Welith y lle 'ma ddim lliw 'nghynffon i wedyn. Ydi'r arian gen ti?'

'Paid â gofyn cwestiwn mor ddwl!' atebodd Turner. 'Dwyt ti ddim yn disgwyl i mi fod â chan mil o bunnoedd wrth fy mhenelin! A ph'run bynnag, dydi bois Lerpwl ddim i fod i gyrraedd am ddeuddydd arall. Rhaid iti aros tan hynny.'

'Ddim cythral o beryg!' meddai Stephens yn flin. 'Ffonia Lerpwl heddiw a dwêd wrthyn nhw 'mod i eisio'r arian fory, fan bella, neu mi fydd y llwyth ar ei ffordd i Lundain. Mi fyddan yma ar eu codiad, iti.'

Cytunodd Turner, gan ychwanegu, 'Y peth gorau i ti 'i wneud rŵan ydi swatio yn un o'r carafanau 'ma. Does 'na neb ar y maes bellach; maen nhw i gyd wedi mynd i glwydo am y gaea.'

Dilynodd Stephens ef i garafán oedd wedi'i gosod mewn cornel anghysbell o'r maes. 'Dyma ti,' meddai wrtho. 'Mi ddylet fod yn ddiogel yn fan hyn.'

'Oes 'ma rywbeth i'w yfed yma?' holodd Stephens.

'Mi ddo i â bwyd a diod iti,' atebodd Turner, 'wedi imi ffonio Lerpwl. Paid ag agor y drws i neb ond fi . . . nid bod neb arall yn debyg o ddod heibio.'

Aeth Turner ar ei union i'w garafán foethus ef ei hun . . . ond nid i ffonio. Dyna'r peth olaf y bwriadai'i wneud. Estynnodd ddwy botel o whisgi o waelod y wardrob, eu hagor yn ofalus a gwagio ychydig o'r ddwy i wydryn sbâr. Estynnodd botel fechan o gwpwrdd ac arllwysodd gyfran helaeth o'i chynnwys i un o'r poteli whisgi a'r gweddill ohono i'r ail botel. Rhoes y capiau'n ôl mor dynn ag y gallai fel na fyddai Stephens yn sylwi'u bod wedi'u hagor o gwbl.

Roedd wedi nosi pan ddychwelodd at Stephens a derbyn croeso oeraidd iawn.

'Ble felltith rwyt ti wedi bod a finnau fan hyn bron â thagu eisio diod?'

'Dal dy wynt,' meddai Turner. 'Mi ges i drafferth i gael gafael ar hogiau Lerpwl, ond mae popeth yn iawn rŵan. Mi fyddan nhw yma erbyn nos fory.'

'Diolch i'r drefn am hynny,' meddai Stephens. 'Ddoist ti â diod?'

'Do, a bwyd,' atebodd Turner gan roi'r botel whisgi y bwriadai i Stephens yfed ohoni gyntaf ar y bwrdd. 'Dyna ti,' ychwanegodd. 'Potel o Glenlivet, whisgi gorau'r Alban.'

Cydiodd Stephens yn y botel a'i hagor yn ddiseremoni. Arllwysodd ddrachtiad helaeth i wydr ac yfed ei hanner bron ar ei dalcen. 'Roedd arna i angen hwnna,' meddai'n ddiolchgar.

'Mae 'ma ddwy botel iti fan hyn a digon o fwyd yn y bocs. Mi gei fwyta, yfed a chysgu faint fynnot ti tan nos fory.'

'I'r dim!' cytunodd Stephens. 'Mi fedra i wneud hefo gorffwys bach.'

'Falle gwela i di'n ddiweddarach,' meddai Turner, a'i adael ar ei ben ei hun.

Pan ddychwelodd Turner i'r garafán roedd wedi troi hanner nos. Curodd yn ysgafn ar y drws a phan na dderbyniodd ateb, curodd yn drymach, ond yn ofer. Gwenodd wrtho'i hun a rhoi'r allwedd oedd eisoes yn ei law yn nhwll y clo ac agor y drws. Camodd i mewn a chau'r drws yn gyflym ar ei ôl.

Roedd olion bwyd ar y bwrdd ac un o'r poteli whisgi, a honno bron yn wag bellach. Gorweddai Stephens ar y gwely gyferbyn â'r bwrdd. Roedd ar wastad ei gefn yn chwyrnu'n dawel.

Cydiodd Turner yn ei ysgwydd a'i hysgwyd yn galed gan alw arno, ond doedd dim yn tycio. Arllwysodd ran helaeth o weddill y botel whisgi i wydr a rhoes ei fraich o dan ben Stephens a'i hanner godi ac, fel mam yn rhoi diod ola'r nos i blentyn cysglyd, fe lwyddodd i'w gael i yfed y gweddill ac yna'i roi'n ôl i orwedd yn dawel. 'Dyna ti,' meddai â gwên. 'Cysga'n dawel.'

Diffoddodd y goleuadau a chloi drws y garafán ar ei ôl, cyn mynd draw i'r sied lle y cadwyd y fen las. Tynnodd gyfran helaeth o'r llwyth cyffur ohoni a'i gadw ym mocs y tractor cyn rhoi'r beic modur bychan oedd yn pwyso ar y wal i mewn yng nghefn y fen. Yna, gyrrodd y fen at y garafán lle y cysgai Stephens fel darn o bren, heb ddim yn ymyrryd â'i gwsg trwm. Roedd y cyffur wedi gwneud ei waith. Wedi ceisio'n ofer ei ddeffro, cydiodd Turner ynddo, ei godi dros ei ysgwydd, a'i gario i'r fen a'i roi i eistedd yn y sedd nesaf at y gyrrwr. Gorfu iddo'i rwymo wrth y sedd i'w rwystro rhag cwympo ymlaen. Dychwelodd i'r garafán i nôl yr ail botel whisgi, diffodd y goleuadau a'i chloi. Aeth yn ei ôl i'r fen, rhoes yr ail botel yn ofalus ar silff y fen cyn eistedd y tu ôl i'r olwyn a thanio'r injan—a Stephens yn cysgu'n dawel drwy'r cwbl, yn union fel y bwriadodd iddo wneud.

Roedd hi wedi dau o'r gloch y bore pan barciodd Turner y fen ar lain o dir ar ben y rhiw a arweiniai i lawr i bentre Llanfor. Diffoddodd y goleuadau a chamu allan, gan edrych o'i gwmpas yn ofalus. Roedd fel bol buwch o dywyll ac yn dawel fel y bedd. Doedd dim arwydd o fywyd yn unman. Roedd wedi gadael y fen o fewn rhyw bumllath i'r dibyn, a'r môr islaw.

Wedi cryn ymdrech llwyddodd i symud Stephens i sedd y gyrrwr. Cydiodd yn y botel whisgi, ac arllwys cyfran helaeth ohoni dros geg a gwddf Stephens, ac yna'i thaflu ar y llawr wrth ei draed. Tynnodd ei feic modur allan o gefn y fan a'i osod i orffwys yn uwch i fyny.

Unwaith eto syllodd o'i amgylch yn ofalus, ac wedi gwneud yn gwbl sicr nad oedd neb o gwmpas, plygodd i mewn i'r fen, taniodd yr injan, pwysodd ei law ar y clyts a'i rhoi mewn gêr, gollyngodd y brêc a thynnu'i law oddi ar y clyts. Neidiodd y fen yn ei blaen a disgyn i'r dyfnder islaw. Mewn eiliadau clywodd sŵn anferthol y fen yn taro'n erbyn y creigiau ar y gwaelod. Bwriodd gipolwg cyflym dros y wal, ac er nad oedd dim i'w weld, gwyddai'i fod wedi cyflawni'i fwriad. Brysiodd at ei feic modur, ei danio a gyrru oddi yno'n gyflym.

*   *   *

Yn gynnar fore trannoeth, hysbyswyd Inspector Rees fod fen las wedi'i chanfod ar y creigiau ger traeth Llanfor, a phrysurodd i'r fan.

'Mae'n edrych yn debyg fod ein hymchwil am Stephens ar ben, syr,' meddai Sarjant Price wrtho. 'Mae o'n farw yn y gwaelod 'na.'

'Be ddigwyddodd?' gofynnodd yr Inspector.

'Mae'n ymddangos iddo fod yn gyrru'n rhy gyflym, methu cymryd y tro a phlymio i'r dyfnder,' eglurodd y sarjant. 'Mae'n debyg 'i fod o ar 'i ffordd i'r ynys.'

'Mynd i godi llwyth o gyffuriau, mae'n debyg,' meddai Rees. 'Mae trachwant yn gyrru dyn i wneud pethau gwirion iawn weithiau.'

Ar hynny clywsant gynnwrf ar ben y dibyn, a gwelsant griw o bobl yn cynorthwyo gŵr i ddod i fyny, ac yna'n helpu i godi corff o'r dyfnder islaw.

'Hylô, Doctor Pritchard,' meddai Rees. 'Gwaith go anodd.'

'Ia,' cytunodd y meddyg ifanc. 'Mae'n dda 'mod i wedi arfer dringo mynyddoedd, Inspector.'

'Ydi, wir,' ebe yntau. 'Damwain syml?' gofynnodd.

'Mae'n ymddangos felly ar hyn o bryd, Inspector,' atebodd y meddyg. 'Roedd 'na botel whisgi wedi malu'n deilchion ar lawr y fen, ac arogl whisgi cryf ar y corff. Mi gewch fwy o wybodaeth wedi i'r patholegydd gael cyfle i'w archwilio.'

Doedd gan yr Inspector na Sarjant Price fawr o awydd dringo i'r dyfnder i archwilio'r fen, a gadawsant y gwaith hwnnw i wŷr yr adran draffig a'r adran fforensig. Yn y cyfamser, ymroesant hwythau i chwilio o gylch y fan.

'Mae 'ma ormod o droedio wedi bod, syr, inni ganfod fawr ddim wrth ymyl y clawdd cerrig,' meddai Price.

157

Ond cyn bo hir canfuwyd olion olwynion beic modur ac olion traed.

'Diddorol iawn,' meddai Rees. 'Pwy sy wedi bod yma ar gefn motor beic, sgwn i?'

'Falle nad oes a wnelo fo ddim â'r ddamwain, syr,' meddai Price. 'Falle'i fod o yma cynt. Wedi'r cyfan, mae'r ddaear wedi bod yn llaith iawn yn ddiweddar.'

'Digon posib,' cytunodd yr Inspector, 'ond peth od na fydde 'na olion brêcio caled ar draws y ffordd. Mi fase'n siŵr o fod wedi sylweddoli na allai gymryd y tro ...'

'Falle na chafodd o fawr o gyfle,' awgrymodd Price, 'yn enwedig os oedd o o dan ddylanwad, fel yr awgrymodd Doctor Pritchard.'

'Y felltith ydi'n bod ni'n colli'r union rai rydyn ni am eu holi cyn inni gael cyfle i wneud hynny,' meddai'r Inspector yn flin. 'Mae fel pe bai rhyw felltith arnyn nhw.'

'Melltith cyffuriau!' meddai Price yn swta.

'Falle wir,' meddai Rees. Galwodd un o'i wŷr ato a'i orchymyn i sicrhau castiau plaster o'r olion traed, olwynion y fen a'r beic modur. 'Does 'na fawr mwy y gallwn ni 'i wneud fan hyn,' meddai, 'ac mae gen i lond côl o waith yn fy aros yn y swyddfa.'

15

Eisteddai'r Inspector wrth ei ddesg yn myfyrio ar gynnwys yr adroddiadau yr oedd newydd eu darllen—adroddiad yr adran fforensig yn dilyn eu harchwiliad o fen Stephens, ac adroddiad y patholegydd ar y trengholiad—a'r lluniau o'r olion traed ac olwynion a ganfuwyd ar ymyl y dibyn. Hawliodd un ffaith ei sylw ar unwaith, sef nad oedd swits y goleuadau ymlaen pan blymiodd y fen dros y dibyn. Sut felly, holodd ei hun, ac yntau'n teithio ar y ffordd fawr? Yn ychwanegol at hynny, yn ôl adroddiad Doctor Morgan, y patholegydd, roedd digon o whisgi a chyffur cysgu yn y gwaed i sicrhau fod Stephens yn cysgu oriau cyn y ddamwain.

Sylweddolodd yr Inspector ei fod wyneb yn wyneb â llofruddiaeth arall. Galwodd Price a Non ato ac eglurodd i'r ddau ganlyniadau'r ymchwiliadau a'r posibilrwydd cryf mai wedi'i lofruddio roedd Stephens.

'Llofruddiaeth arall, 'te meddai Price. 'Os felly, pwy?'

'Does ond un posibilrwydd hyd y gwela i,' meddai Non, 'ac nid Cenwyn Pughe ydi hwnnw. Roedd o hefo'i ferch drwy'r dydd ddoe, a'i wraig hefo fo.'

'Na,' cytunodd ei phennaeth, 'nid Pughe, ond y deryn swil hyd yma—Turner. Y broblem fawr yw profi hynny. Yn ôl pob golwg, does gynnon ni ddim digon o dystiolaeth ar hyn o bryd i'w restio . . . Rwy'n credu'i bod yn bryd i mi gael gair â Meriel Pughe. Mi ddylai fod mewn cyflwr i'w holi bellach. Price,' ychwanegodd, 'trefnwch chi fod Turner dan wyliadwriaeth gyson. Dydw i ddim am iddo gael symud o'r maes carafanau, ond dydw i ddim am iddo fod yn ymwybodol o hynny. Rhaid dal y brawd yn ei rwyd ei hun ar ei dir ei hun. Fe aiff Non a minnau i holi Meriel.'

*   *   *

Pan gyrhaeddodd y ddau'r ysbyty cafodd yr Inspector air â'r meddyg a ofalai am Meriel a llwyddodd i'w berswadio i adael iddo holi ychydig o gwestiynau, ond mynnodd y meddyg fod yn bresennol.

159

'Ydi hi'n gwybod am farwolaeth ei chwaer bellach, Doctor?' gofynnodd Rees.

'Ydi. Fe ddwedodd ei rhieni wrthi ddoe. Dyw hi ddim wedi dangos fawr o ymateb, eto. Pan sylweddolith hi fod a wnelo hi rywfaint â'r peth, fe all effeithio'n bur arw arni. Hoffwn i ddim i chi awgrymu hynny ar hyn o bryd, Inspector.'

Cytunodd Rees a thywysodd y meddyg hwy i ystafell Meriel. Eisteddai merch o heddlu Abermorlais yno'n gwylio a phan welodd yr Inspector yn dod i mewn a Non yn ei ddilyn, cododd a mynd i sefyll o'r neilltu.

Y meddyg a gyfarchodd Meriel yn gyntaf a dweud wrthi fod ar yr Inspector eisiau siarad â hi a chynorthwyodd y nyrs ef i'w chodi a'i rhoi i orffwys yn ôl ar y gobennydd. Edrychai'n welw a gwan iawn o hyd ond roedd rhywfaint o ôl y straen a fuasai arni wedi cilio erbyn hyn.

Eisteddodd Rees wrth erchwyn y gwely a chymryd un llaw iddi yn ei ddwylo.

'Meriel,' meddai'n dawel, 'dydw i ddim am eich blino'n ormodol ond os gellwch ateb ychydig o gwestiynau, mi faswn yn ddiolchgar iawn.'

Amneidiodd hithau'i pharodrwydd.

'I ddechrau, Meriel,' meddai'r Inspector yn garedig, 'does dim rhaid ichi ofni Stephens nac Alec Durban bellach —maen nhw a'r rhai eraill fu'n eich bygwth yn ddiogel yn ein gofal ni. Does dim mwy o beryg i'ch tad 'chwaith, felly fe ellwch siarad yn rhwydd heb bryderu.'

Bron na allent weld ton o ryddhad yn chwalu drosti wrth iddi glywed geiriau'r Inspector. Daeth gwên fach egwan i'w hwyneb.

'Wyddoch chi am unrhyw un arall allai fod wedi bod yn cynllwynio i werthu cyffuriau hefo Stephens a'r gweddill?'

Amneidiodd yn gadarnhaol.

'Pwy?' gofynnodd Rees.

'Peter Darlington, yr athro,' atebodd, a'i llais mor egwan fel y gorfodwyd yr Inspector i ymestyn yn nes ati a chlustfeinio. Pan glywodd ei hateb, teimlodd beth siom yn cydio ynddo . . . ac amheuaeth. A oedd am fethu unwaith eto?

'Oedd 'na rywun arall, heblaw Darlington?'

Oedodd Meriel cyn ateb, yna meddai: 'Mi glywais i Stephens yn siarad hefo Alec ac Iwan, ac yn dweud fod 'na rywun a rôi daw ar Peter pe bai o'n dechrau bygwth.'

'Oes gynnoch chi ryw syniad pwy allai'r person hwnnw fod?'

Rhedodd ton o flinder dros wyneb Meriel ac ofnai'r Inspector y byddai'r meddyg yn ymyrryd. Plygodd ymlaen a'i chlywed hi'n dweud:

'Roedd tad Elan Turner eisio talu'r pwyth yn ôl iddo am iddo'i chychwyn hi a minnau ar gyffuriau.' Fel yr atebai, rhedodd dau ddeigryn yn araf i lawr ei gruddiau.

'Rwy'n ofni fod yn rhaid iddi orffwys rŵan, Inspector,' meddai'r meddyg.

'Un cwestiwn arall, Doctor,' erfyniodd yr Inspector, a chyn i'r meddyg ei rwystro, gofynnodd: 'Meriel, oedd tad Elan yn ymwneud â chyffuriau?'

'Dydw i ddim yn meddwl,' atebodd Meriel. 'Roedd o'n eu casáu nhw.'

Bu'n rhaid i Rees fodloni ar hynny; roedd wedi cael digon o wybodaeth i gadarnhau'i amheuon am resymau Turner dros lofruddio o leiaf ddau o'r rhai a lofruddiwyd. 'Diolch, Meriel,' meddai. 'Rwy'n siŵr y byddwch gartre hefo'ch rhieni cyn bo hir, a dyfodol newydd o'ch blaen.'

Gwenodd hithau arno ac amneidio'i diolch.

'Wel,' meddai'r Inspector wrth Non fel yr oeddynt yn gadael yr ysbyty, 'mae pethau'n dechrau gwneud synnwyr o'r diwedd. Dial oedd wrth wraidd y cyfan. Trachwant yn gyrru Stephens, Alec Durban a'r gweddill; blys corfforol yn gyrru Pughe a Darlington, am wn i. Ond dial oedd y tân a losgai ym mol Turner.'

*   *   *

Lled-orweddai Turner yn gysurus yn ei garafán, gan synfyfyrio'n dawel. Mwynhâi'r wybodaeth iddo gyflawni'i fwriadau a theimlai'n gwbl ddiogel. Edrychai ymlaen at fanteisio ar ei holl gynllwynion ac ar lafur Stephens; digolledu'i hun a sicrhau annibyniaeth unwaith yn rhagor. Roedd digon o gyffuriau ar gael i'w alluogi i wneud hynny.

Torrwyd ar ei fyfyrdodau'n ddirybudd gan sŵn curo trwm ar ddrws y garafán. Cododd yn gyndyn i weld pwy oedd yn aflonyddu arno. Pan agorodd y drws a gweld Inspector Rees, ynghyd â Sarjant Price a Non yn sefyll yno, fe'i brawychwyd.

'Mr. Turner,' meddai'r Inspector, 'gawn ni ddod i mewn?' A chyn iddo fedru dweud ie na nage roedd yn cael ei yrru'n ôl i'r garafán wrth i'r tri wthio'u ffordd i mewn.

'Dydw i ddim yn deall,' protestiodd. 'Be dach chi eisio? Does gynnoch chi ddim hawl i ymyrryd â'm llonyddwch fel hyn.'

'Mr. Turner,' ebe'r Inspector, 'fe gewch weld yn fuan iawn fod gennym berffaith hawl. Mae gennym ni le i gredu y gellwch chi'n cynorthwyo yn ein hymholiadau i ddwy lofruddiaeth . . .' ac enwodd y rhai a fu farw.

'Dyna'r peth gwiriona a glywais i 'rioed!' atebodd

Turner, gan geisio chwerthin yn wawdlyd. 'Roeddwn i'n meddwl eich bod wedi restio Cenwyn Pughe am lofruddio'r athro. Mi'ch gwelais i chi'n mynd â fo odd'ma.'

'Be wnaeth ichi feddwl peth felly, Mr. Turner?' gofynnodd yr Inspector.

'Ond, doedd y ffon . . .' meddai Turner, yna brathodd ei dafod.

'Ffon, Mr. Turner?' meddai Rees. 'Pa ffon felly? Soniais i'r un gair am ffon a does neb arall yn gwybod amdani.' Yna newidiodd yr Inspector gyfeiriad ei holi, cyn i Turner gael cyfle i ateb. 'Pam roesoch chi ddisgrifiad anghywir i ni o'r gŵr a hudodd Lisa Pughe i'w marwolaeth? Fe wyddech chi'n iawn mai Darlington oedd o.'

'Does gen i'r un syniad am be dach chi'n sôn,' protestiodd Turner. 'A pha hawl sy gynnoch chi i fy holi i fel hyn? Dydw i wedi gwneud dim.'

'Fe gawn weld am hynny,' atebodd Rees, a thaflodd y naill gwestiwn ar ôl y llall ato, nes bod y goruchwyliwr bron â drysu'n llwyr wrth geisio'u hateb. Ar ganol y croesholi, curodd rhywun ar ddrws y garafán, ac aeth Non i'w ateb. Dychwelodd toc a sisial rhywbeth yng nghlust ei phennaeth.

'Turner, fuoch chi yng nghyfeiriad pentre Llanfor yn ddiweddar?' gofynnodd yr Inspector yn chwyrn, ar ôl clywed yr hyn yr oedd gan Non i'w ddweud.

Gwelwodd Turner, a rhoes hanner tro, fel pe bai'n chwilio am ryw gornel i ddianc iddi. 'Naddo, fûm i ddim yn agos i'r lle ers hydoedd,' gwadodd yn wyllt. 'Pam dach chi'n gofyn?'

'Ydych chi'n berchen beic modur?'

'Ydw,' atebodd Turner yn egwan.

'Ble mae o ar hyn o bryd?'

'Rwy'n meddwl ei fod yn y sied ar y maes,' atebodd yn ansicr.

'Ydi, mae o,' meddai'r Inspector. 'Ynghyd â nifer o bacedi o gyffuriau.' Yna hyrddiodd gwestiwn annisgwyl arall tuag ato: 'Pam y gwnaethoch chi ddiffodd y goleuadau ar fen Stephens cyn ei gyrru dros y dibyn i'r môr?'

Safodd Turner fel petai wedi'i barlysu am eiliad ac yna sibrydodd yn grynedig, 'Wnes i ddim, mi roedd y goleuada ...' a distawodd.

'Ymlaen, yn doedden, Mr. Turner, cyn i chi wneud y camgymeriad o'u diffod? Ond wnaethoch chi ddim gwneud y camgymeriad o anghofio cymysgu cyffur cysgu â whisgi Stephens, naddo?'

Roedd yn amlwg fod nerfau'r goruchwyliwr yn gwegian o dan bwysau'r croesholi llym.

'Pam y llofruddiwyd Lisa Pughe ddiniwed, Turner? Be wnaeth hi i chi i haeddu marw?'

Cyn i'r Inspector gael cyfle i holi mwy, torrodd yr argae a ffrydiodd holl wylltineb Turner i'r wyneb ... 'Mi roedd y diawliaid i gyd yn haeddu marw!' gwaeddodd. 'Nhw laddodd Elan fach, ddiniwed, a dwyn 'y ngwraig i a difetha 'mywyd i ...!'

Ceisiodd Rees ei atal: 'Does dim rhaid ichi ddweud mwy yn awr ...'

Ond ni fynnai Turner ddistewi: 'Peter, y mochyn, hudodd Elan i'w rwyd ... Stephens, y diawl drwg a ddygodd fy ngwraig a chynllwynio hefo Cenwyn Pughe i elwa ar gyffuriau ... Cenwyn Pughe, y cythral, ddylai fod yn farw, nid Lisa, ond mi gaiff o boeni am weddill 'i oes am hynny ...'

Roedd yn amlwg fod y goruchwyliwr wedi colli pob rheolaeth arno'i hun, ac amheuodd yr Inspector y gallai

164

fod ganddo erfyn yn guddiedig yn rhywle. Amneidiodd ar y sarjant. Camodd hwnnw ymlaen yn gyflym a chyn bod Turner yn sylweddoli beth oedd yn digwydd, fe roed ei ddwylo'n ddiogel mewn cyffion a'i dywys o'r garafán.

'O'r diwedd,' meddai Inspector Rees yn ddiolchgar. 'Dyna gau pen y mwdwl.'

'Y creadur bach!' meddai Non yn dawel. 'Fe drodd y chwarae'n chwerw.'

'Do,' cytunodd ei phennaeth, 'ac mae yntau'n rhy beryglus i'w adael yn rhydd bellach.'